Der Autor:

Uwe Harm, Jahrgang 1952, lebt im Herzen Schleswig-Holsteins und ist als Diplom-Rechtspfleger bekannter Autor in der juristischen Fachliteratur zum Betreuungs- und Erbrecht. Seit zwei Jahren befindet er sich im Ruhestand und widmet sich nun spannenden Kriminalgeschichten.

Dieser vierte Roman ist schon fast eine Kriminalkomödie, eine skurrile Geschichte um einen vom Alter und von diversen Gebrechen gekennzeichneten Auftragskiller, der sich im Ruhestand befindet und nun noch einen Auftrag erhält. Drei Menschen soll er erschießen. Darunter ist auch der Hamburger Privatdetektiv Tobias Alff.

Ein Auftragskiller im Ruhestand

Ein ungewollter Fall für den
Privatdetektiv Tobias Alff

Kriminalroman

Uwe Harm

Bibliografische Information der Deutschen Nationalbibliothek: Die Deutsche Nationalbibliothek verzeichnet diese Publikation in der Deutschen Nationalbibliografie; detaillierte bibliografische Daten sind im Internet über dnb.dnb.de abrufbar.

Herstellung und Verlag: BoD – Books on Demand, Norderstedt

ISBN 978-3-753-46329-2

„Der Kaffee ist gleich fertig!" rief Tanja Kramer ihrem Mann zu, der sich im Schlafzimmer gerade noch die warmen Hausschuhe anzog. „Soll ich die Langspielplatte auflegen, die du schon rausgelegt hat? Leichte Klassik?" –

„Ja", rief Joseph Kramer zurück, „die habe ich ja schon gestern rausgelegt. Da sind so schöne Lieder drauf."

Joseph Kramer setzte sich am Esstisch auf seinen Stammplatz. Die schöne Musik begann und seine Ehefrau schenkte ihm die erste Tasse Kaffee ein. Es war Frühstückszeit, immer um 8 Uhr.

„Wenn du morgen zum Orthopäden gehst, zieh' lieber die Schuhe mit dem Klettverschluss an. Die kannst du dort schneller an- und ausziehen." –

„Ja, das ist richtig." Kramer nickte dabei.

Joseph Kramer war ein ruhiger und unauffälliger Mann. Er pflegte wenig Kontakte, allenfalls zu den unmittelbaren Nachbarn und das auch nur, wenn man sich im Garten sah. Seine grauen Haare waren ausgedünnt, aber sehr ordentlich mit einem Scheitel seitlich mit etwas

Pomade in Form gebracht. Die leicht gebeugte Haltung kam von einem alten Rückenleiden. Er genoss jeden Tag und freute sich über die kleinen Annehmlichkeiten, die jeder Tag so mit sich brachte, ob es ein gelungenes Frühstücksei war oder ein Nickerchen in seinem kleinen Garten. Das gemütliche Frühstück mit seiner Frau Tanja war für ihn immer die schönste Tageszeit. Der kleine Esstisch stand in einem kleinen Erker mit Fenster zum Garten. Nach der letzten Tasse Kaffee, immer schwarz, nicht zu stark, ohne Milch und Zucker, ging Joseph Kramer gewohnheitsmäßig zu seinem alten Schallplattenschrank und sortierte die Langspielplatte wieder ein, die sie zum Frühstück gehört hatten. Es war diesmal leichte Klassik. Zu den 12 Titeln auf der LP gehörte auch das berühmte Wolgalied. Manchmal rührte ihn die Melodie so, dass ihm einige Tränen über seine Wangen liefen. Die Langspielplatten waren alle noch aus Vinyl und älteren Datums. Es war eine gute Sammlung mit leichter Klassik und alten deutschen Volksliedern.

Joseph Kramer wurde auf der Krim geboren. Seine Familie gehörte zu den

Russland-Deutschen. Sie reisten Ende der 60er-Jahre nach Rumänien aus und später, 1978, endlich nach Deutschland, der Sehnsuchts-Heimat. Bald darauf konnte er in der kleinen Stadt Bad Segeberg in Schleswig-Holstein ein bescheidenes altes Siedlungshaus kaufen.

Die alten Lieder kannte er schon aus der Zeit, als seine Eltern noch auf der Krim lebten. Die alten deutschen Volkslieder erzeugten immer die Sehnsucht nach der Heimat. Und auch jetzt wurde er regelmäßig sentimental, wenn er die schönen Lieder hörte.

Er schaute nun aber auf die Uhr. Es wurde Zeit für den täglichen Spaziergang an der schönen Seepromenade. Auch das gehörte seit langer Zeit zu den täglichen Ritualen. So früh am Morgen waren nur wenige Menschen unterwegs. Das liebte er. Die Morgen-Sonne schien an diesem Tag wie so oft wunderbar über den See und dann genoss Joseph Kramer die Stille und Ruhe. Nur eine Erkältung oder ein Unwetter konnte ihn von diesem Spaziergang abhalten. Mit einer leichten grünen Jacke und einen

Handstock ging er aus dem Haus, ohne seiner Frau etwas zu sagen. Sie kannte das und sah ihm nur durch das Küchenfenster nach. Joseph Kramer war inzwischen 72 Jahre alt. Den Handstock nahm er nur zur Sicherheit mit, da ihm schon das eine oder andere Mal schwindelig wurde. So ging er in der Stille des Morgens die Seestraße hinab, überquerte den Wendehammer am Ende und wollte gerade auf die See-Promenade zugehen. Da fiel ihm das große rote „A" auf. Es war mit roter Ölkreide sehr groß auf dem gepflasterten Fußweg geschrieben worden.

Joseph Kramer stutzte. Er erschrak sogar ein wenig. Sollte er tatsächlich nach 8 Jahren noch einen Auftrag erhalten? Er erinnerte sich an seinen letzten Auftrag. Das war im Winter 2012 und die Sache war damals schwierig gewesen. Er musste seine Planung dreimal ändern, um sicher zu gehen. Aber er hatte immer Erfolg. Das gelang ihm nur, weil er den gesamten Vorgang kleinteilig plante und vorbereitete. Manchmal war auch etwas Glück dabei. Einige der früheren Aufträge gingen ihm immer wieder Mal durch den Kopf.

Gelegentlich bekam er sogar Albträume und schrak dann nachts hoch. Am Ende eines Auftrages bekam Joseph Kramer dann immer ein gutes Honorar. Bargeld natürlich. Eine größere Summe hatte er in all den Jahren zusammengespart und im Keller seines Hauses gut versteckt. Davon lebten sie neben der kleinen Rente.

Die Aufträge kamen immer auf diese Weise. Ein mit roter Öl-Kreide gezeichnetes „A" auf dem Spazierweg bedeutete, dass am Ende des Weges auf der letzten Bank der Vermittler wartete. Kramer konnte sich das kaum vorstellen, aber er beeilte sich nun und erreichte bald die letzte Bank auf dem Weg am See entlang. Dort saß Victor. So nannte er sich immer, aber Kramer wusste natürlich, dass das nicht sein wirklicher Name war. Victor war auch älter geworden, aber er trug seinen Vollbart immer noch wie früher, sehr gepflegt, kurz und inzwischen aber grau geworden. Er trug eine schwarze Lederjacke, dazu Lederhandschuhe und sah nur kurz Kramer ins Gesicht. Kramer setzte sich neben ihn und wartete ab.

„Wie geht's?" fragte Victor und sein Blick blieb bei einer Entenschar auf dem Wasser hängen. Eine Entenfamilie zog mit sieben Küken an ihnen vorbei.

„Mir geht es gut. Aber nach 8 Jahren kommst Du wieder zu mir? Habt Ihr keine anderen Leute?"

Victor schwieg zunächst, warf einen kleinen Kieselstein ins Wasser und schaute sich dann prüfend um, ob sie wirklich allein waren.

„Wir haben zwei gute Leute. Einer ist seit Wochen in Rio. Ein schwieriger Fall. Der andere ist noch sehr jung und leider ein Hitzkopf, der zweimal fast gescheitert wäre. Der muss noch viel lernen. Meine Auftraggeber haben mir eine Liste gegeben. Drei Personen stehen darauf und ich habe gesagt, der Kramer macht es noch einmal."

Joseph Kramer überlegte. Mit 72 Jahren, Arthrose in den Knien, das alte Rückenleiden und eine diagnostizierte Herzschwäche, die sich bei gewissen Wetterlagen mit Luftnot bemerkbar machte - und die Sehkraft hatte auch etwas nachgelassen. Aber ein schönes

Honorar lockte natürlich. Denn das angesammelte Geld im Keller war schon weitgehend verbraucht. Er hatte sich verrechnet und dachte, dass er damit bis zum Lebensende – bei aller Sparsamkeit – auskommen würde. Aber das Leben ist eben mit den Jahren immer teurer geworden. Unvorhergesehene Kosten taten das Übrige.

„Ja, ich mache es. Aber es wird länger als früher dauern. Ich bin immerhin schon 72. Und drei Personen! Das kostet auch etwas mehr als üblich." –

„Haben wir Dich je gelinkt?" kam es etwas schroff von Victor. „Meine Auftraggeber haben eine schöne Summe bereitgestellt."

Victor griff nun in die Innentasche der Lederjacke und holte einen Umschlag heraus. Er gab ihn Joseph Kramer. Im Kuvert befand sich ein kleiner Zettel mit drei Namen und Anschriften. Auf ein weiteres Blatt waren mehrere Fotos der drei Personen kopiert. Eine schöne Anzahlung war auch dabei.

„Und hier ist ein kleines einfaches Prepaide-Handy. Meine Nummer ist eingespeichert. Nur Probleme, Fragen und der Erfolg dürfen Anlass für einen Kontakt sein. Aber das war ja immer schon klar. Du kennst die Regeln."

Kramer nahm das Handy an sich und auch ein passendes Ladegerät. Er nickte nur. Victor stand von der Bank auf und ging ohne Gruß. Joseph Kramer sah sich nun die Liste noch einmal genau an. Drei Namen standen darauf:

Rudi Diedrichsen,
Tamara Kunz und
Tobias Alff.

Er steckte alles wieder ein und begab sich auf den Rückweg. Seiner Frau gab er nur den Hinweis, dass er einen Auftrag hätte und wohl für einige Wochen verreisen müsste.

„Ich sage dann den Arzttermin ab." Mehr sagte sie nicht dazu.

Überhaupt war sie ähnlich wortkarg wie er. So war sie schon in jungen Jahren als sich beide kennenlernten. Andere Mädchen, zu denen er Kontakt suchte, nervten ihn schnell mit ihrem Gerede. Nur Tanja war anders und so kamen sie für ein Leben zusammen. Sie fragte nie, wusste aber auch nie, um welcher Art „Geschäfte" es ging. Es war auch besser so.

In Russland bekam Joseph Kramer, als junger Mann, die militärische Ausbildung zum Scharfschützen. Er war der Beste. Seine Ruhe war dafür eine wichtige Voraussetzung. Er bekam damals schon geheime Aufträge. Später als die Familie nach Rumänien auswanderte, bot er sich dort an und wurde vom rumänischen Geheimdienst genutzt. In Deutschland schließlich bekam er von einem geheimnisvollen Vermittler Aufträge. Die Auftraggeber waren ihm der Vorsicht geschuldet immer unbekannt.

Seine Frau wunderte sich jetzt nur, dass es nach 8 Jahren wieder soweit war. Joseph Kramer war nämlich ein Auftragskiller, aber seit 8 Jahren im Ruhestand.

„Vergiss bitte deine Medikamente nicht!"

Seine Ehefrau machte sich um seine Gesundheit Sorgen. Jetzt mussten sie den Termin beim Orthopäden erneut verschieben. Kramer begann, sich vorzubereiten und forschte nach weiteren Informationen zu den drei Opfern.

*

Der Hamburger Privatdetektiv Tobias Alff war kurz vor 11 Uhr am Vormittag in seinem Büro in der Dorotheenstraße in Hamburg angekommen. Er hatte wieder schlecht geschlafen. Das war immer der Fall, wenn es auch nachts sehr warm war. Aber auch das Essen am Vortag war zu spät und zu üppig. Von der deftigen Kartoffelsuppe mit Einlage hatte er einfach einen Teller zu viel genommen. Aber hauptsächlich waren es mehrere Prellungen am Körper, die ihm heftige Schmerzen bereiteten. Eine böse Verwechslung führte dazu, dass er vor zwei Tagen, spät in der Nacht von zwei Männern Prügel bezogen hatte. Der Auftrag war klar. Ein Spanner, der sich in einer Wohnsiedlung nachts herumtrieb und insbesondere bei den Frauen Angst verbreitete, sollte gestellt werden. Deshalb musste Alff natürlich spät nachts vor Ort sein und mit etwas Glück diesen Spanner entdecken und stellen. In der Siedlung gab es aber gerade deswegen seit Tagen freiwillige Nachtwachen einiger Nachbarn. Dummerweise hielten die ihn für den Spanner und stellten nun den Detektiv. Da half keine Erklärung. Schon saß der erste Boxhieb in der Magengegend. Die Luft blieb weg und aufklärende Worte waren nicht möglich. Die beiden Männer der Nachtwache hatten aber auch einen Knüppel dabei und schlugen nun munter zu. Alff wurde windelweich geprügelt.

Er öffnete im Büro zuerst alle Fenster wegen der sommerlichen Hitze, die schon Ende Mai einsetzte. Dann wurde es Zeit für den ersten Kaffee. Aber jede Bewegung schmerzte.

Tobias Alff ließ sich in den alten Ohrensessel fallen. Das war sozusagen ein Erbstück von seinem Vater, der wegen zunehmender Demenz nicht mehr allein leben konnte und nun bei seiner Schwester, Tante Irmchen, wohnte. Alff öffnete zum Kaffee ein Kuvert, ein Brief von der Hamburger Sparkasse, der die Kontoauszüge seines Geschäftskontos enthielt. Er wusste, dass die finanzielle Lage wieder schwierig war. Die wenigen Kontoauszüge und ein unpersönliches

Standard-Anschreiben belegten trotz Überweisung der letzten beiden guten Honorare immer noch ein Minus von ca. 2.000 Euro. Tobias Alff lehnte sich in seinen Ohrensessel zurück und atmete schwer aus. Er musste seine Partnerin wohl wieder bitten, die fällige Miete zu übernehmen.

Karin Sommer war seit einigen Jahren seine Partnerin. Sie war 35 Jahre alt, außerordentlich attraktiv, klug und selbstbewusst, eine Frau, nach der sich die Männer interessiert umschauten. Sie hatte ein eigenes gutes Einkommen. Ihr Fitness-Club für Frauen – sie war seit etwa einem Jahr Geschäftsführerin und Mitinhaberin - lief gut und so unterstützte sie ihren Lebenspartner immer wieder, wenn die Auftragslage schlecht war. Sie war eine richtige Power-Frau.

Am Nachmittag kam sie etwas früher ins Büro, weil ein Rückenkurs ausgefallen war. Sie trug ein lachsfarbenes leichtes Sommerkleid. Der weite Ausschnitt vorn wie hinten verriet jedem Mann schnell, dass sie keinen BH drunter trug. Ihre langen blonden Haare hatte sie zu einem Pferdeschwanz zusammengebunden.

Seit sie vor mehreren Monaten selbst bei dem in ihrem Club angebotenen Kickbox-Kurs mitmachte, war ihr Körper erkennbar sportlich fit, ohne dass die weiblichen Rundungen darunter litten. Tobias Alff hatte dagegen mit Sport nichts im Sinn. Auf Drängen seiner Partnerin fuhr er jetzt häufiger mit dem Rad ins Büro. Er war inzwischen 50 geworden und als Detektiv hatte er vor über 20 Jahren natürlich auch ein wenig Kampftechnik gelernt, aber den Sport nicht lange weiter betrieben. Er war vom Naturell her eher bequem und liebte gutes, deftiges Essen. Aber die Figur verriet schon eine Weile, dass die Lebensweise dringend verändert werden müsste.

Alff ließ sich wieder in seinen Sessel fallen. Er mied dieses Thema und nickte nur zustimmend, wenn seine Partnerin zu mehr Sport mahnte. Nachdem sich Karin Sommer auch einen Kaffee gemacht hatte und sich zu ihm setzte, reichte er ihr stumm die Kontoauszüge.

Karin Sommer schlug die Beine übereinander und betrachtete die Kontoauszüge gründlich, schüttelte den

Kopf und legte die Auszüge wieder auf den Schreibtisch. Sie kannte das und würde auch jetzt wieder die Büromiete zahlen. Beide saßen eine Weile stumm mit ihrem Kaffeebecher gegenüber.

„Was macht dein Rücken?" –

Der Detektiv atmete bei dieser Frage tief durch und setzte eine leidende Miene auf.

„Jede Bewegung schmerzt! Immerhin haben die beiden Männer sich inzwischen entschuldigt." –

„Ja, Prellungen schmerzen sehr. Da wirst du noch lange mit zu tun haben." –

„Ich hätte das Honorar deswegen erhöhen müssen. Sozusagen mit einem Gefahrenzuschlag."

Der Detektiv stand auf und stellte seinen Kaffeebecher auf die winzige Ablage der Küchenzeile im hinteren Flurbereich ab.

„Wir wollen uns doch noch ein neues Marketing-Konzept überlegen", rief seine Partnerin ihm zu und begann dabei mit einem anderen Thema wieder das Gespräch, „und zwar mit regelmäßigen

Kleinanzeigen in den Werbeblättern und ich denke auch an Radiowerbung. Ohne Werbung kommst du nicht weiter."

Tobias Alff nickte zustimmend. Er dachte seit Wochen darüber nach, einen kleinen Nebenjob zu suchen, damit wenigstens eine gewisse Summe regelmäßig eingeht. Er könnte für ein Unternehmen Taxi fahren. Karin kannte diese Überlegungen. Aber jetzt, nachdem sie den Kaffeebecher zurückgestellt hatte, war die Buchhaltung dran. Das war immer ihre Aufgabe. Karin setzte sich an den PC, nahm den Karton mit den Belegen und aktualisierte die Bücher. Aber plötzlich hielt sie inne:

„Morgen melde ich Dich in Langenhorn bei dem Sportclub von Sabine an. Die haben neuerdings auch für Männer eine kleine Muckibude. Und sie kann auch gut massieren. Das wäre für deinen Rücken jetzt genau das Richtige!" –

„Ich dachte, der Club ist nur für Frauen! Anders kann ich mir das bei Sabine auch gar nicht vorstellen." –

Tobias Alff kannte diese Sabine. Sie war eine gute Bekannte seiner Partnerin. Aber er mochte sie nicht besonders.

„Nein, unten im Erdgeschoss hat sie seit einem halben Jahr einen kleineren Raum für Männer eingerichtet", antwortete Karin, „eigentlich wollte sie da nur Jugendliche trainieren, aber inzwischen sind auch einige Männer dort. Mit Sabine bin ich jetzt übrigens häufiger in Kontakt, weil wir demnächst eine Kickbox-Sparte für Frauen in Hamburg etablieren wollen." –

„Na gut", kam es fast resignierend zurück, „ich schau mir ihre Angebote nächste Woche an."

Alff wusste, dass diese Sabine eine harte Trainerin war. Sie würde ihn nicht schonen. Dem Detektiv schien, als durchlebe er gerade eine ganz schlechte Phase.

Karin schaute auf die Uhr und stand abrupt auf. Fast hätte sie es vergessen.

„In einer Stunde kommen die beiden Handwerker. Wir müssen jetzt alles hier vorbereiten. Die sollen doch mit dem Bad anfangen, oder?" –

„Ja, stimmt! Und der Container kann auch jeden Moment kommen."

Tobias Alff war froh, dass nun sein Büro von Grund auf saniert werden sollte. Das war nur möglich, weil Karin sich finanziell beteiligte und sogar ihre Schwester etwas dazugegeben hatte. Das Bad war sehr alt und sollte nun zuerst völlig neu gemacht werden. Alle alten Objekte waren nur noch zu entsorgen. So hatten sie nach Eintreffen der beiden Handwerker und des Containers den ganzen restlichen Tag zu tun.

*

Am Hans-Albers-Platz in Hamburg St. Pauli saß Rudi Diedrichsen an der Bar seines Nachtclubs mit dem Namen „*Thai-Club*". Es war kurz vor 23 Uhr. Er trug wie immer eine schwarze Jeans und ein schwarzes Tshirt, genau genommen ein sogenanntes Muskelshirt. Seine dünnen dunkelblonden Haare hatte er mit Gel nach hinten gelegt und am Ende zu einem kleinen Zopf gebunden. Die Arme waren auffallend muskulös und überall tätowiert. Und die überdurchschnittliche Körpergröße und Masse machte auf andere immer einen gefährlichen Eindruck. Am Tresen trank er schon sein drittes Bier. Er schwitzte, denn die Hitze im Club schien noch unerträglicher zu sein als im Freien.

Seine thailändische Lebensgefährtin Pia stand hinter dem Tresen. Sie war sehr zierlich, hatte kaum Busen und hätte leicht als Teenager geschätzt werden können, wenn nicht das Gesicht einige deutliche Altersspuren aufgewiesen hätte. Sie trug einen schwarzen Minirock und ein netzartiges Oberteil, das nichts verbarg. Von einer nur mit einem Latex-Minirock und Netzshirt bekleideten sehr jungen asiatischen Service-Kraft nahm sie gerade eine Getränkebestellung für einen älteren Herrn entgegen. Eine Flasche Schampus und 3 Gläser sollten es sein. Der Gast saß mit einem weiteren Herrn älteren Semesters und einer der Thai-Mädchen an einem runden Tisch und alle waren bestens gelaunt. Es wurde laut gelacht. Sie waren sich einig, später auf eines der Zimmer im Obergeschoss zu gehen, um zu dritt Spaß zu haben.

Rudi Diedrichsen war dagegen schlecht gelaunt. Das war er oft, aber seit zwei Tagen fast ununterbrochen. Grimmige Furchen an der Stirn und verkniffene Lippen waren das untrügliche Zeichen dafür und auch ein Hinweis, dass er nun sehr leicht reizbar war. Ein wichtiger Transport über den Landweg vom Irak über die Türkei, Bulgarien und dann nach Hamburg war nicht angekommen und wurde wahrscheinlich in Bulgarien überfallen. Der Lkw samt Ladung war nun verschwunden und hätte schon vor zwei Tagen in Hamburg eintreffen müssen. Von den beiden zuverlässigen Fahrern gab es kein Lebenszeichen. Diedrichsen hatte unzählige Male versucht, die Fahrer telefonisch zu erreichen. Aber es gab keine Reaktion. Diese Route, die seit langer Zeit gut funktionierte, war offenbar verraten worden. Das Problem: Die Ladung mit Kokain und einigen anderen Substanzen für die Herstellung von Partydrogen war verschwunden. Es waren erhebliche Werte. Der Umsatz brach damit ein, weil keiner der Zwischen-Dealer beliefert werden konnte. Er konnte alle zwar vertrösten, weil eine zweite Lieferung bevorstand, aber Diedrichsen hatte so eine seltsame Ahnung. Da gab es neue Gegner im Drogengeschäft. Überhaupt war die Konkurrenz auf dem Gebiet immer groß und das Geschäft gefährlich. Diedrichsen musste auf jeden Fall jetzt reagieren.

Der *Thai-Club* trug sich zwar noch knapp selbst, aber sein zweiter Club, der *XXL-Club*, der nur für die Geldwäsche existierte, musste immer bezuschusst werden und zwar mit den Erlösen aus dem Drogengeschäft. Und Bolle Holland mit seiner Motorradgang musste außerdem bezahlt werden. Auf ihn war Diedrichsen angewiesen. Sie kassierten die Schutzgelder, waren auch sonst für das „Grobe" zuständig und verbreiteten bei Bedarf Angst und Schrecken.

Nach einem weiteren halben Liter Bier, den er in einem Zug einsog, ging er in ein hinteres Zimmer, in dem auch ein kleiner Schreibtisch stand. Gegenüber waren die Garderobenräume, eigentlich nur mit Vorhängen abgetrennte kleine Abteile, wo sich die Thai-Mädchen für die Striptease-Show zurechtmachen. Dort saß auch die Transe Nuri, ein Halbbruder von Pia und machte sich missmutig für den Auftritt zurecht. Der Transvestit war fast noch zierlicher als Pia, sah total mädchenhaft aus, hatte durch die jahrelange Hormoneinnahme kleine gut geformte Brüste und träumte davon, eines Tages im berühmten *Pulverfass* professionell auftreten zu können. Nuri war schwierig, launisch und fordernd. Als Diedrichsen auf die Uhr sah und merkte, dass es Zeit für seinen Auftritt war, schaute er hinter den Vorhang. Die Transe Nuri saß vor dem Spiegel, hatte nur einen silberfarbenen Slip an und fing sofort zu zetern an:

„Vor nur vier Gästen führe ich meine Show nicht vor! Ich habe meine Show immer weiter verbessert. Es ist inzwischen echte Kunst! Das kann man nicht einfach so billig wegtun."

Diedrichsen hörte sich da zwar an, hatte aber überhaupt kein Verständnis für die Weigerung und dass der Auftritt nun „Kunst" sei, leuchtete ihn auch nicht ein. Jedenfalls war der letzte Akt, wenn die letzte Hülle fiel, mit Sicherheit keine Kunst mehr. Und an diesen Abend hatte Rudi Diedrichsen außerdem noch weniger Geduld als sonst. Die Transe redete aber immer schneller und intensiver auf Diedrichsen ein. Als sich die Rede noch mit schrillen Obertönen steigerte, half nur eins: Mit der flachen Hand traf sein Schlag und die Transe fiel mitsamt dem Drehstuhl zusammen auf den Boden. Mit einem kurzen Aufschrei war es still.

„In 10 Minuten stehst Du auf der Bühne! Sonst schneide ich Dir den letzten Zipfel ab." Diedrichsen ging zur Tür und rief zu Pia:

„Der Auftritt von Nuri beginnt in 10 Minuten!"

Pia nickte nur und wusste, dass sie den Auftritt der Transe gleich laut ankündigen musste. Die vier Gäste wussten ohnehin, dass eine solche Transvestiten-Show zu Mitternacht angesagt war.

Nuri führte dann seine Show auf und zeigte am Ende natürlich noch kurz den letzten Rest seiner Männlichkeit.

Gerade in dem Moment betraten geräuschvoll zwei gewichtige Männer in schwarzer Motorradkleidung die Bar. Es waren Bolle Holland und sein Begleiter Erich Petermann. Bolle Holland war untersetzt, breit und sehr kräftig. Erich Petermann war kleiner und etwas älter, hatte einen auffallend dicken Bauch, ein wabbeliges Doppelkinn und fleischige Oberarme. Er bewegte sich schwerfällig und behäbig. Seine Kurzatmigkeit war auch jetzt zu hören. Beide waren auffallend an den Armen tätowiert, gingen sofort am Tresen vorbei und erreichten das hintere Zimmer. Rudi Diedrichsen zuckte kurz zusammen, stand dann aber sofort auf und bot den beiden Platz an. Beide ließen sich in die Sessel fallen. Petermann schnaufte dabei deutlich und öffnete einen weiteren Kragenknopf. Pia erschien sofort und brachte Bier für alle.

„Seit drei Tagen warte ich auf die Kohle!" kam es rau und scheinbar emotionslos von Bolle Holland. Er verzog dabei keine Miene, nahm das Bierglas und trank den Inhalt in einem Zug aus. Ebenso Petermann, der sich aber beinahe dabei verschluckte und einen Fluch ausstieß.

Rudi Diedrichsen versuchte zu erklären. Die fällige Ladung war gestohlen worden.

Die Route über Land musste verraten worden sein.

„Übermorgen kommt ein Container aus Rotterdam zu uns. Die Dealer stehen dann schon Schlange und ich kann Euch einen Tag später vollständig bezahlen."

Rudi Diedrichsen war ein sehr großer und breiter Mann, der sich vor niemanden fürchtete, aber vor Bolle Holland hatte er irgendwie Respekt. Bolle war nicht ganz so groß wie Diedrichsen, aber sehr kräftig und von breiter Gestalt, unberechenbar und oft unbeherrscht. Vor allem mochte er keinerlei „Erklärungen".

„Wir nehmen auch gern eine Anzahlung aus der Kasse hier!" bestimmte der Boss der Motorradgang und der Tonfall war so gewählt, dass Widerspruch nicht anzuraten war. Sein Kumpel Petermann nickte dabei zustimmend und rief laut nach einem weiteren halben Liter Bier, bekam aber dabei einen heftigen Hustenanfall. Bolle Holland legte nun demonstrativ seine Füße auf den Schreibtisch und lehnte sich gemütlich zurück. Der Auftritt der beiden Motorradfahrer war provozierend und hatte auch etwas Drohendes.

Diedrichsens Blutdruck stieg nun. Ihm gefiel der Auftritt der beiden nicht. Aber umgekehrt gab es auch Probleme mit der Motorradgang, die Rudi Diedrichsen zugetragen wurden und die er jetzt ansprechen musste.

„Wenn wir schon über Geld reden, müssen wir auch über neuen *Club Rosa-Rot* reden. Da wurdet ihr von den Albanern vertrieben oder soll ich sagen verhauen!"

Bolle schwieg und wusste, dass sie dort versagt hatten. Dass Diedrichsen davon wusste, war ihm unangenehm. Tatsächlich wurde das Schutzgeld nicht gezahlt und der Club hatte sich Beistand von den Albanern geholt. Gegen die konnten sich Bolle und Herwig nicht durchsetzen.

„Ja, das war schlecht gelaufen", antwortete Bolle langsam, dann aber mit zunehmend drohendem Tonfall „aber wir kommen wieder. Das Spiel ist noch nicht zu Ende!" –

„Wie viele seid ich überhaupt noch in der Gang?" Diedrichsen war nämlich zu

Ohren gekommen, dass zwei Leute aus Bolles Truppe abgesprungen waren.

„Wir sind im Moment zu viert. Ja, das ist zu wenig, ich weiß. Zwei gute Leute sind weg und Jan kann man kaum dazu zählen. Wir sind auf der Suche nach neuen Leuten." –

„Und dann soll ich euch voll bezahlen?" kam es nun etwas provozierend von Diedrichsen, der damit seinen Trumpf ausspielte und sich nun mit dem Bierglas in der Hand gelassen zurücklehnte.

Bolle nahm das gerade von Pia neu hingestellte Bierglas entgegen, trank es halb leer und stellte es geräuschvoll auf den Tisch. Er ärgerte sich darüber, dass dieses Thema angesprochen wurde. Petermann war bei der Diskussion ganz ruhig geworden. Denn auf ihn konnte sich Bolle auch nicht mehr so verlassen wie früher. Und Petermann wusste es. Mit seiner Gesundheit stand es nicht zum Besten und die letzten körperlichen Auseinandersetzungen hatten ihm arg zugesetzt. Bolle wurde nun etwas kleinlaut:

„Ich denke, dass es dir genauso geht. Wir bekommen keinen Nachwuchs. Das ist verdammt schwierig geworden. Finde mal geeignete junge Leute. In der Muckibude trainieren einige Weicheier, die nicht zu gebrauchen sind." Und zu Petermann gewandt: „Und aus eurem Ziehsohn Benno wird auch nichts werden! Am Ende muss ich noch auf Brunhilde zurückkommen."

Brunhilde war die Lebenspartnerin von Petermann. Eine sehr große und kräftige Frau, die als Domina mit eigenem Studio tätig war und selbst ein schweres Motorrad fuhr. Erich Petermann stand seit gut zwei Jahren unter ihrer Fuchtel. Er konnte sich gegen sie nicht mehr durchsetzen. Und Benno, Brunhildes Sohn, amüsierte sich immer, wenn Petermann von ihr zusammengestaucht wurde. Petermann war auch nicht sein richtiger Vater.

„Wenn du jetzt noch Brunhilde anheuern musst, steht es ja nicht so gut mit eurer Truppe!" Diedrichsen stach genüsslich mit dieser Äußerung zu.

„Brunhilde wäre auch nur Ersatz für Jan, der dann in der Garage bleiben kann und die Motorräder in Ordnung zu halten hätte. Wenn der nicht so ein guter Schrauber wäre, hätte ich ihn schon lange weggejagt."

Bolle wurde immer nachdenklicher. Diese Probleme durften sich auf keinen Fall auf dem Kiez herumsprechen.

Diedrichsen hörte sich das schweigend an. In ihm stieg aber doch Misstrauen auf. Konnte er sich auf Bolle noch verlassen? Nur noch vier Leute! Und zwei seiner Leute waren kaum ernst zu nehmen. Aber Rudi Diedrichsen hatte selbst in seiner eigenen Organisation Nachwuchsprobleme. Da war auch nur auf seinen besten Mann Verlass. Die beiden älteren Männer in der Spedition von Diedrichsen, waren zwar viele Jahre in seinem Dienst, aber sie hatten abgebaut, mieden jede Schlägerei und stöhnten bei jeder Anstrengung. Im *XXL-Club* musste schon eine Frau den Laden führen, nachdem sich der frühere Geschäftsführer selbst das Leben genommen hatte. Eine Tänzerin war auch schon zu alt. Auch da war das Nachwuchsproblem deutlich.

Pia brachte für alle erneut Bier. Rudi Diedrichsen war trotz aller Probleme auf Bolles Gang angewiesen. Ohne Bolles Leute war seine Macht bedroht. Die waren in seinem Auftrag der notwendige Schrecken in der Szene. Hauptsache, dass sich seine Probleme auf dem Kiez nicht herumsprachen.

„Klar, wenn wir schließen, erhaltet ihr eine Anzahlung." Diedrichsen wollte jetzt keinen Streit, aber er hatte seine Trümpfe auch ausgespielt. Danach wandte er sich dem dicken Petermann zu: „Die kleine Thai aus dem Service könnte Dir heute wieder zu Diensten stehen. Die erfüllt alle Wünsche." –

„Ich will die Transe!" rief Petermann laut lachend aus. Es war aber nur ein Spaß. Tatsächlich begab er sich bald darauf mit einem der Thai-Mädchen nach oben.

*

Joseph Kramer stieg die steile Treppe zum Keller seines Hauses hinab. Es roch eine wenig muffig. Im Keller befanden sich einige alte Schränke und Regale. Seine Frau hatte dort auch Konserven und eingemachtes Gemüse stehen. Ein

Schrank aus Metall stand ganz am Ende des Teilkellers. Kramer öffnete diesen breiten verschlossenen Metallschrank. Das Angelzeug, die regenfeste Kleidung und mehrere Gummistiefel nahm er heraus und legte alles auf den Boden. Die Rückwand des Schrankes war mit drei unscheinbaren Haken wie eine Tür zu öffnen. Dahinter teilweise im Mauerwerk eingelassen gab es eine Öffnung, in der ein großer länglicher Metallkoffer, ein weiterer Lederkoffer und ein kleiner Alu-Koffer standen. Joseph Kramer nahm die beiden Metall-Koffer langsam heraus. An einem Tisch neben dem Schrank legte er zuerst den großen Koffer hin, öffnete ihn und nahm das Präzisionsgewehr heraus. Es war ein beim russischen Militär gebräuchliches „Wintores"-Scharfschützengewehr mit Schalldämpfer. Er prüfte fachgerecht die Funktionen und ölte einige mechanische Teile. In dem kleineren Koffer war eine alte russische Makarow Pistole mit reichlich Munition und ein passender Schalldämpfer. Auch diese Waffe prüfte er fachgerecht. Das Versteck im Schrank und den Schrank selbst verschloss er danach wieder. Beide Koffer trug er dann nach oben, legte sie hinten in seinen grünen Lada und ging noch einmal in das Haus zurück. Seine Frau hatte inzwischen einen Koffer mit Kleidung und Waschzeug gepackt. Auch eine wirksame Schmerzsalbe legte sie dazu. Es war sehr warm und nach der Wettervorhersage sollte es in der nächsten Zeit heiß bleiben, so dass sie nur leichte Kleidung in den Koffer legte. Joseph Kramer legte noch ein gutes Fernglas und ein Jagdmesser dazu.

Er hatte für alle Aufträge immer ein klares Konzept. Zuerst recherchierte er nähere Einzelheiten zu den drei Opfern seines Auftrages. Er mietete sich dazu in eine kleine Pension oder in ein kleines einfaches Hotel ein. Große Hotels waren ihm wegen der Menschenmenge immer ein Graus. Überhaupt hasste er Menschenmengen. Schon als Kind war er am liebsten allein. Das Opfer wurde dann tagelang beobachtet, um die festen Zeiten in deren Tagesrhythmus festzustellen. Der dritte Schritt war die Suche nach einem geeigneten Ort, von wo aus im Idealfall aus der Ferne geschossen werden konnte. Der Rückzug musste am Ende auch geplant werden. Und verwertbare Spuren durfte es natürlich nicht geben.

Joseph Kramer trank noch eine Tasse Kaffee mit seiner Frau und hörte dabei einen Mix alter Volkslieder von einer Langspielplatte. Von der Musik wurde er immer sentimental und so musste er sich einen Ruck geben, um sich zu verabschieden. Er stieg in seinen Lada und fuhr nach Hamburg. Ein kleines Hotel in einer Nebenstraße an der Langenhorner Chaussee hatte er vorher schon ausgesucht und von zuhause gebucht. Er fuhr langsam und immer vorsichtig. Nirgends wollte er auffallen. So erreichte er nach gut einer Stunde das kleine Hotel.

Als er das kleine Zimmer im 1. Stock bezog, breitete er zunächst den Stadtplan aus. Sein erstes Opfer sollte Rudi Diedrichsen sein, eine gefürchtete Gestalt auf St. Pauli, der – so hatte er schon von einem Informanten gehört – sein Geld mit Drogen verdiente. Die Adresse in Hamburg-Finkenwerder, alte Lagerhäuser mit Wohn- und Bürotrakt, als kleine Spedition getarnt, war leicht zu finden. Daneben betrieb er einen

Nachtclub, wo er sich auch regelmäßig aufhielt. Das war der *Thai-Club*. Bei ihm musste er besonders vorsichtig sein und mit Bodyguards rechnen.

Das zweite Opfer war eine Frau. Sie war die Chefin im *XXL-Club* und wurde Tamara genannt, rote Haare, kräftige, aber noch attraktive Figur. Sie hatte eine kleine Wohnung nicht weit vom Club entfernt. Der Fall schien Kramer einfach zu sein.

Und das dritte Opfer war ein bekannter Privatdetektiv, der sein Büro in der Dorotheenstraße hatte. Alle diese Orte fuhr er ab, stieg auch aus und lief zu Fuß um die Orte herum, um sich einen Eindruck zu verschaffen und geeignete Plätze zum Schießen auszumachen.

Joseph Kramer war immer schon eine unauffällige Erscheinung. Er lief langsam, etwas gebeugt und machte den Eindruck, ein Tourist zu sein, der sich nur zur Orientierung umschaute. Er ließ sich zudem einen Bart wachsen und rasierte sich die Augenbrauen ab, um eine Wiedererkennung zu erschweren. Niemand nahm Notiz von ihm.

In Finkenwerder bereitete Kramer seine erste Aktion vor. Ganz in der Nähe der Spedition von Rudi Diedrichsen gab es gegenüber, aber etwas versetzt, dennoch in guter Sichtweite und damit guter Schussposition ein verlassenes Grundstück. Ein sandiger Parallelweg, der nach kurzer Strecke wieder die Hauptstraße erreichte, war für sein Vorhaben ideal. Das ungenutzte Grundstück war total vermüllt. Schrott und Unrat häuften sich dort. Hohes Gras und wild wuchernde Gehölze waren aber ein guter Sichtschutz. Etwa in der Mitte stand ein altes auf den Abriss wartendes Transformatorenhäuschen aus roten Ziegelsteinen. Weiter zum Sandweg zurück lagen alte Metallteile und eine verrostete Baggerschaufel. Das schien ihm ein guter Standort zum Schießen zu sein. Mit dem Fernglas beobachtete er zwei Tage bis tief in die Nacht von dort die Einfahrt, die zur Spedition führte. Diedrichsen kam jede Nacht zwischen 3 und 4 Uhr von seinem Nachtclub zurück, in der Regel begleitet von einer kleinen thailändischen Frau. Kramers Plan nahm langsam Gestalt an.

*

Früh am Morgen kurz nach 6 Uhr kam ein Sattelschlepper mit einem großen leicht angerosteten Container als Auflieger auf den Hof der alten Spedition von Rudi Diedrichsen gefahren. Der Fahrer hatte Mühe, den langen Lkw auf den Hof zu rangieren. Der Sattelschlepper sollte auf dem engen Hof so stehen, dass die Container-Öffnung von der Straße aus nicht einsehbar war. Rudi Diedrichsen, sein Bodyguard Jo und zwei weitere ältere Männer in blauer Arbeitskleidung näherten sich dem Container. Sie brachen die Verplombung hinten mit Zangen auf und öffneten die große Tür. Rudi Diedrichsen sah hinein und wunderte sich gleich. Der Container war nur halb gefüllt, zwar mit den üblichen großen Holzkisten, die er erwartete, aber auch mit Schrott von verrosteten Maschinen und Fahrzeugteilen.

„Was haben die hier für einen Schrott mit eingeladen!" schimpfte Diedrichsen schon heiser. „Hat Manolo da nicht aufgepasst?"

Manolo war sein Mann in Rio, der die Fracht organisierte und gute Kontakte hatte. Er hatte ihn von der Mafia-Familie

Torres von Monaten „abgeworben", das heißt natürlich, dass das nur über entsprechende Bezahlung möglich war.

Die Männer zogen nun mehrere Holzkisten hervor und trugen sie in die Halle. Diedrichsen war ohnehin schlecht gelaunt und jetzt misstrauisch geworden. Er stieß unfreundliche Befehle aus. Seine Männer beeilten sich. Jo und einer der älteren Helfer öffneten die erste Kiste mit einem Kuhfuß. Die Kisten waren nämlich zugenagelt. Gähnende Leere in der ersten Kiste! Auch die weiteren fünf Kisten waren ohne Inhalt. Als sie die nächste Kiste, eine längliche Holzkiste öffneten, sahen Jo und einer der Helfer erschrocken hinein.

„Rudi, komm mal!" rief Jo. „Schau dir das mal an!"

Diedrichsen kam heran und sah auch in die Kiste hinein. Dort lag eine männliche Leiche und stank bereits nach Verwesung. Rudi Diedrichsen erkannte den Mann sofort. Es war Manolo, sein Verbindungsmann in Rio! Er wurde erschossen. Das war deutlich zu erkennen. Jetzt wurde einiges klar. Dieser Mann wurde als Verräter von der italienischen Mafia-Familie Torres hingerichtet.

„Los! Schließt die Kiste wieder zu!" brüllte Diedrichsen. „Das ist ein klares Zeichen. Damit ist unsere Frachtlinie von Rio nach Rotterdam auch erledigt. Wir müssen uns auf einen Krieg einstellen."

Alle weiteren der insgesamt 24 Kisten waren ebenfalls ohne Inhalt. Zwei Männer suchten noch eine Weile in den übrigen Teilen herum, fanden aber im Container keine Ware wie sie erwartet wurde.

„Scheiße!" brüllte Diedrichsen mit seiner tiefen bärigen Stimme. In ihm stieg Wut, aber auch Unsicherheit hoch.

Seine Männer standen ratlos neben ihn. Der Fahrer stand etwas abseits unsicher herum und hob nur hin und wieder die Schultern, um sich der allgemeinen Ratlosigkeit anzuschließen. Jetzt war die zweite Lieferung nicht angekommen. Für ihn war es klar. Die Familie Torres nahm Rache. Diedrichsen grübelte darüber nach, wie er sich dagegen wehren könnte. Mit seiner Truppe allein? Ja, mit Jo schon, aber die beiden älteren

Männer? Und schließlich waren es auch die Konkurrenten, die nun vom Kuchen ein Stück abhaben wollten. Die Albaner zum Beispiel, die sich gerade auf dem Kiez breit machten. Erste Anzeichen einer Rückkehr der Italiener, die Diedrichsen vor Monaten so gründlich ausgeschaltet hatte, gab es allerdings. Zwei Anwälte tauchten seit Wochen auf, um die Mieten für die Immobilien einzutreiben, unter anderem auch die für die beiden Nachtclubs. Minderjährige Erben waren Eigentümer geworden und schickten ihre Rechtsanwälte los.

Und, ihm war klar, es musste ein Leck in der Organisation geben, einen Verräter. Rudi Diedrichsen wurde nervös und wütend, war total ungenießbar. Das Hauptproblem: Er kam jetzt in große Zahlungsschwierigkeiten. Das konnte ihm die Macht kosten. Im Grunde war er jetzt pleite. Bolle Holland würde morgen kommen und sein Geld verlangen. Wenn Bolle abspringt, wären auch die Macht und der Einfluss von Diedrichsen auf die Drogenszene in Hamburg dahin. Die Zwischendealer, sozusagen die „Großhändler" für den weißen Stoff, würden schon heute im Laufe des Tages erscheinen und sich bei der Konkurrenz einkaufen müssen. Das würde sich sofort herumsprechen.

Diedrichsen zog sich mit Jo in sein Büro zurück. Der Blutdruck war erheblich gestiegen. Er rief laut brüllend seine Lebensgefährtin Pia dazu, weil sie über die Geschäfte gut informiert war und für die schriftlichen Sachen zuständig war. Pia kam sofort dazu. Gemeinsam berieten sie sich, fanden aber keinen Anhaltspunkt für einen Verrat und auch keinen Lösungsansatz für die neuen Probleme. Diedrichsen schrie wütend herum, schickte Pia lautstark aus dem Büro. Auf jeden Fall würde es jetzt gefahrlich werden. Das wusste Diedrichsen und bat Jo, seinen Bruder kommen zulassen. Das war Rufus. Der war genauso ein furchteinflößender Riese wie Jo. Sie brauchten unbedingt Verstärkung. Denn Diedrichsen rechnete damit, dass Bolle Holland abspringen würde. Er konnte ihn nicht bezahlen. Dann würde es im schlimmsten Fall einen echten Bandenkrieg geben.

Am Abend ging Rudi Diedrichsen zuerst in den *XXL-Club* und hoffte dort Hinweise für den Verrat zu finden. Pia musste allein den *Thai-Club* öffnen und dort alles organisieren. Für Diedrichsen war klar, dass er nun in allergrößter Eile ermitteln musste, wer der Verräter und der neue Gegner waren. Oder war sogar Bolle sein Gegner? Noch bevor der Club öffnete, traf sich Rudi Diedrichsen dort im Hinterzimmer mit Tamara. Tamara war Ende 40, relativ groß und von kräftiger Gestalt. Sie leitete den Club seit fast einem Jahr. Der frühere Geschäftsführer hatte das Leben genommen. Mit dem Personal war sie streng, aber fair. Sogar der Türsteher hörte auf sie, wenn auch murrend. Mit Tamara hatte Diedrichsen ein Verhältnis und sie genoss sein Vertrauen. Als er ihr die Misere erzählte, bekam sie einen richtigen Schreck. Das roch alles nach einem bevorstehenden Bandenkrieg. Ein unbekannter Gegner blieb noch unerkannt.

„Was ist mit diesen schleimigen Anwälten, die auch hier die Mieten eintreiben wollen?" fragte er Tamara.

„Gestern war wieder dieser schmale gut gekleidete Anwalt hier. Der hatte einen italienisch klingenden Namen. Er drohte mit Kündigung. Irgendwie war das ein aalglatter und schmieriger Typ." –

„Den müssen wir uns vorknöpfen. Vielleicht weiß der mehr." –

„Der kommt heute Abend noch!" Tamara ahnte, was wohl am Abend passieren würde.

Sie hörte gerade wie Lara, ihre Barfrau eintraf und am Tresen aufzuräumen begann. Auf sie konnte sie sich verlassen. Lara war sehr dünn und groß. Hinter dem Tresen trug sie ähnlich wie die Service-Mädchen ein bei Gegenlicht leicht durchsichtiges Minikleid, das aber ihre knochige Figur nur noch betonte. Sie begrüßte die beiden und brachte auf Zeichen Bier und für Rudi Diedrichsen einen Gin.

„Außerdem müssen wir schnell an Geld kommen", meinte Diedrichsen jetzt mit leiser Stimme, „das heißt, wir beide kassieren heute Nacht noch zwei oder drei Tankstellen ab!"

Tamara kannte das. Zweimal schon überfielen sie gemeinsam gut maskiert Tankstellen an den Autobahnen und zwar nachts. Das war gefährlich, aber brachte immerhin vorübergehend etwas Liquidität. Sie nickte Diedrichsen zu und sah jetzt, dass er schwitzte und ratlos war. Er sank in einen der Ledersessel zurück, trank sein Bier und dachte angestrengt nach. Tamara war sein Typ, nicht so mager wie Pia und sie mochte die härtere Gangart. Das passte alles. Außerdem war sie absolut loyal. Pia brauchte er aber auch, weil sie den ganzen Bürokram erledigte. Aber zu ihr wurde er immer gemeiner und da rutschte ihm schon einmal mehr als früher die Hand aus.

Um kurz vor 22 Uhr kam der Anwalt tatsächlich. Ein schmaler Mann, kaum 1.70 groß mit dunklen Haaren, gekleidet mit einem schwarzen Nadelstreifen-Anzug trat an den Tresen zu Lara und sie zeigte sofort in Richtung Hinterzimmer. Als er dort eintrat, schloss Tamara hinter ihm sofort die Tür ab. Der Rechtsanwalt wurde sichtlich unsicher, vor allem als er Rudi Diedrichsen sah, der mindestens das Doppelte von seiner Körpermasse hatte. Diedrichsen saß in einem der Ledersessel und bat den Besucher, sich zu setzen. Der Anwalt erkannte die

Drohkulisse und sah abwechselnd zu Tamara und dem riesigen Mann gegenüber.

„Wer ist dein Auftraggeber?" fragte Diedrichsen direkt und ohne Umschweife mit seiner tiefen Stimme. Seine Ungeduld war deutlich zu spüren.

„Ich vertrete die Interessen der beiden minderjährigen Erben nach dem verstorbenen Vater Mattheo Torres, der ja leider keines natürlichen Todes starb. Diverse Immobilien gehören zum Nachlass, auch dieser Club. Und Sie sind mit drei Monatsmieten im Rückstand. Ich habe Weisung, jetzt die Kündigung anzudrohen."

Der Anwalt versuchte, die Rechtslage sehr sachlich, geradezu freundlich darzustellen. Er lehnte sich jetzt erstmals in dem Sessel zurück. Tamara stand weiterhin an der Tür. Sie hatte ein kurzes eng anliegendes schwarzes Kleid mit tiefem Ausschnitt an und verschränkte ihre Arme vor ihrer Brust.

„Und was läuft von deinen Auftraggebern noch hier?" fragte Diedrichsen etwas lauter und sehr fordernd.

„Nein, nichts weiter", versicherte der Anwalt, „es geht nur um die Verwaltung der Immobilien und die Ansprüche, die damit verbunden sind. Meine Auftraggeber leben in Palermo und niemand hat hier in Hamburg zu tun. Alles ist mir übertragen. Ich habe die Vollmacht in Kopie dabei."

Diedrichsen beobachtete die Mimik seines Gegenübers sehr genau und war sich sicher, dass er jetzt gelogen hatte. Sein Blutdruck stieg. Er stand auf und zog den Anwalt am Kragen seines Jacketts hoch und fast über den Tisch.

„Ich laß' mich nicht belügen, schon gar nicht von Winkeladvokaten in feinem Zwirn!"

Diedrichsen zog den Anwalt nun um den Tisch herum und drückte ihn an die freie Wand rechts neben der Tür. Und da saß der erste Faustschlag tief in der Magengegend des schmächtigen Anwalts. Der stieß einen erstickten Schrei aus und krümmte sich vorn über. Die Knie gaben nach und er rutschte an der Wand zu Boden. Mühsam rang er nach Luft. Diedrichsen zog ihn wieder hoch und schob ihn in Tamaras Arme, die den Anwalt nun von hinten hielt und fest umklammerte. Diedrichsen schlug nun zu. Nach drei kräftigen Ohrfeigen wäre der Anwalt zu Boden gesunken, wenn Tamara ihn nicht halten würde.

„So, was ist los? Was haben die Torres vor?" fragte Diedrichsen schneidend.

„Nein, nichts!" kam es gequält vom Anwalt, der ängstlich seinen Peiniger ansah.

Da schlug Diedrichsen wieder zu. Wieder drei Mal mit der flachen Hand und der Anwalt schrie und riss sich mit einem Ruck von Tamara los. Aber da kam wieder dieser Tiefschlag. Diedrichsen stellte sich breit vor ihn hin, drohend und wartete ab. Der Anwalt krümmte sich immer noch. Jetzt überwog die Angst und er war bereit, einige Informationen preiszugeben.

„Die Torres, also die Brüder des ermordeten Mannes, wollen Rache. Einige Leute der Familie sind schon angekommen. Was sie genau vorhaben, weiß ich nicht." –

„Wo finde ich diese Leute, die Familienmitglieder?" –

„Sie haben das ehemalige Bürohaus von Torres bezogen, aber nur vorläufig. Und ihre Yacht liegt im Hafen." –

„Haben die meine Geschäfte gestört?" Jetzt wurde Diedrichsen richtig laut.

„Das weiß ich nicht. Aber die haben viele Informanten hier, die darauf warten, dass die Torres die Geschäfte wieder übernehmen." –

„Namen! Namen!" schrie Diedrichsen.

„Ich kenne keine Namen. Das sind die kleinen Dealer und auch einige Kneipenwirte." –

„Und wer hat uns verraten?" Diedrichsen wurde wieder drohender, kam näher und ballte die Fäuste.

„Das weiß ich nicht. Ich bin ja nur sozusagen ein Bote und nicht in die Geschäfte der Torres weiter informiert. Ich soll nur die rechtlichen Dinge voranbringen."

Der Rechtsanwalt hatte jetzt panische Angst und mochte weder Diedrichsen noch Tamara ansehen.

Diedrichsen gab Tamara ein Zeichen und sie packte den angeschlagenen Mann und ließ ihn nun rauswerfen, aber nicht ohne weitere unzweideutige Drohungen auszusprechen. Es war nun 23 Uhr und Diedrichsen verließ den Club, um im *Thai-Club* nach dem Rechten zu sehen, kam aber um 2 Uhr zurück, um mit Tamara zwei Tankstellen zu überfallen. Sie hatte sich schon entsprechend umgezogen und beide machten sich auf den Weg, um etwas mehr Liquidität zu bekommen.

*

Einen Tag später

Seit 2 Uhr nachts saß Joseph Kramer hinter der verrosteten Baggerschaufel direkt gegenüber der Spedition. Es war klare Luft und klare Sicht. Die Spedition lag in einer etwas verlassenen Gegend am Rande eines alten Gewerbegebietes. Niemand war weit und breit zu sehen. Die äußeren Umstände waren ideal. Das Scharfschützengewehr war bereit und justiert, das Zielfernrohr genau auf die Entfernung eingestellt. Er musste sich aber immer wieder auf einen aufgestapelten Steinhaufen setzen. Das lange Stehen machten die Knie nicht mit. Die Arthrose war seit einem Jahr schlimmer geworden. Außerdem quälte ihn der ständige Harndruck. Die Prostata ließ immer nur wenig Urin durch und verursachte manchmal einen Rückstau, der schmerzhaft war. Seine Sehkraft war zwar auch schlechter geworden, reichte aber noch leicht für die Erledigung dieses Auftrags. Außerdem ließ sich das Zielfernrohr sehr gut auf die jeweilige Sehschärfe einstellen. Bei der Spedition war alles dunkel. Kramer sah durch das Fernglas auch die Umgebung ab. Nach dem Schuss musste er zügig das Gewehr in den Lada werfen und den Sandweg ohne Licht ganz unauffällig und leise weiterfahren, um unerkannt zu verschwinden. Niemand durfte die Aktion beobachten. Joseph Kramer hatte den Fluchtweg war ebenfalls genau geplant.

Dann kurz nach 3 Uhr sah er die Lichter eines Fahrzeuges näherkommen. Und tatsächlich. Es war der kleine Jeep von Diedrichsen. Als der Wagen vor der

Einfahrt hielt, erkannte Kramer auch die thailändische Frau, die nun eilig ausstieg und das Tor zum Hof öffnen sollte. Jetzt nahm Kramer das Gewehr und zielte sehr genau auf Diedrichsen, der am Steuer saß und sogar die Scheibe an der Fahrzeugtür heruntergelassen hatte. Er durfte jetzt nicht lange zögern, denn die Frau begann gerade, das große Tor zum Hof aufzuschieben. Kramer drückte ab. Es gab keinen Laut. Diedrichsen sank vorn über mit dem Kopf auf das Lenkrad. Kramer sah noch wie die Frau wartete und dann erkannte, dass etwas nicht stimmte. Da hatte er aber schon das Gewehr in den Lada hinten hineingelegt, eine Wolldecke darüber gezogen und war vorn eingestiegen. Der Lada fuhr ohne Licht und sehr leise davon und Kramer entspannte sich.

*

Tobias Alff und seine Partnerin saßen schon um 9 Uhr am Frühstückstisch. Er hatte seine Jeans und ein blaues Oberhemd angezogen, während Karin noch im Bademantel am Tisch saß. Die zweite Brötchenhälfte belegte Tobias Alff mit einer Mettwurstscheibe und genoss zwischendurch den frisch aufgebrühten Kaffee. Sie wollten an diesem Tag noch nach günstigen Büromöbeln schauen. Das Büro musste dringend saniert und modernisiert werden. Außerdem waren wieder Handwerker bestellt, die mit der Sanierung des kleinen Badezimmers im Büro beauftragt waren. Karin hatte zum Frühstück regelmäßig den Hamburger Sender „NDR 90,3" eingeschaltet und als die regionalen Nachrichten kamen, hielten sie plötzlich inne:

„Eine gefürchtete Kiezgröße im vermuteten Drogengeschäft wurde in der Nacht erschossen. Kenner der Szene und die Polizei befürchten, dass das der Auftakt für einen Bandenkrieg sein könnte."

Karin ahnte sofort wer das war.

„Das muss Rudi Diedrichsen gewesen sein!" kommentierte sie sofort die Meldung und lehnte sich zurück.

Sie hatten vor einiger Zeit im Rahmen eines gefährlichen Auftrages mit ihm zu tun und kamen mit etwas Glück aus der Sache raus.

„Das könnte die Rache der Familie Torres sein", vermutete Tobias Alff und stellte die Kaffeetasse auf die Untertasse zurück.

Damals war die Stieftochter von Torres verschwunden und Tobias Alff hatte den Auftrag, sie zu suchen. Die Erinnerungen waren alle noch sehr frisch.

„Wir bekommen hoffentlich nichts damit zu tun", meinte Karin in Erinnerung an die lebensgefährlichen Situationen des früheren Auftrages, „aber wenn die Familie Torres dahintersteckt, sind wir vielleicht auch in Gefahr."

Tobias Alff schwieg eine Weile und nahm sich noch ein weiteres Brötchen und dachte nach.

„Ich werde mich heute noch mit Lara treffen. Die weiß bestimmt mehr." –

„Ja, ruf' sie gleich an. Das ist doch ihre Zeit, wenn du dich mit ihr verabreden willst."

Tobias griff zum Smartphone und fand ihre Nummer. Sie hatte damals gesagt, dass er sie nur zwischen 10 und 11 erreichen könnte. Sie war sehr vorsichtig und wollte vermeiden, als Verräterin zu gelten. Das wäre ihr Todesurteil. Tatsächlich erreichte er sie und verabredete sich schon für eine Stunde später, diesmal im Alsterhaus-Restaurant beim Sylt-Stand. Tobias Alff musste sich jetzt beeilen und trank noch schnell den letzten Kaffee aus. Dann fuhr er mit seinem alten Ford-Mondeo los.

Knapp 30 Minuten später betrat er das Restaurant ganz oben im Alsterhaus. Es war ein guter Treffpunkt. Viele Gäste hielten sich dort an den verschiedenen Ständen auf und tranken schon früh am Tag Sekt und Wein. Am Sylt-Stand, der leckeren Fisch und Bratkartoffel anbot, erkannte er sie sofort. Sie war nicht sein Typ, viel zu knochig und dünn. Sie trug eine enge Jeans und ein schwarzes Top, das ihre kleinen Brüste allerdings sehr gut in Szene setzte. Als sie ihn sah, stand sie vom Barhocker auf und wies ihn auf einen Stehtisch hin, der gerade frei wurde und wo sie allein reden könnten.

„Lara, schön dich zu sehen." –

„Ja, lange nicht gesehen. Wie geht es euch?" Sie sah ihn selbstbewusst an und hatte ihr Sektglas vom Tresen mit an den Stehtisch genommen.

„Ja, uns geht es gut. Wir haben gehört, dass Diedrichsen erschossen wurde. Stimmt das?" –

„Ja, er wurde in der Nacht erschossen. Keiner weiß, wer das war und wer dahintersteckt. Aber wir vermuten, dass die Familie Torres wieder hier ist und Rache nimmt." –

„Deswegen sind wir etwas beunruhigt. Das deutet darauf hin, dass die Torres einen Killer beauftragt haben. Die machen sich bei sowas nicht die Hände schmutzig. Und dann könnte es sein, dass noch einige Menschen mehr auf der Liste stehen." –

„Tamara war völlig fertig und hat Angst. Sie will den Laden allein weiterführen. Die Torres sind tatsächlich in Hamburg angekommen. Im Hafen liegt seit zwei Wochen eine große Yacht und zwei Männer haben uns schon beobachtet. Jedenfalls ist mir das aufgefallen. Da wird also noch mehr passieren. Hoffentlich kein Bandenkrieg." –

„Haben die sich auch schon in den Club getraut?" –

„Nur deren Anwalt. So ein schmächtiger und schmieriger Typ, der die Mieten kassieren will. Diedrichsen und Tamara haben den vor einigen Tagen zusammengeschlagen und der hat bestätigt, dass die Torres Rache wollen. Außerdem hat Diedrichsen keine Ware mehr erhalten. Er ist pleite und konnte die Motorradgang nicht mehr bezahlen." –

„Wer schützt euch denn jetzt?" –

„Tamara führt jetzt den Laden und es gab eine Auseinandersetzung mit Roman, den Türsteher, der schon lange eine Wut auf Tamara hat. Er konnte nicht akzeptieren, dass Tamara, also eine Frau jetzt der Boss ist. Er wollte schon zuschlagen, besann sich dann aber und ist einfach abgehauen. Er schließt sich jetzt der Albaner-Truppe an." –

„Dann steht Bolles Truppe auch nicht mehr auf Diedrichsens Seite?" –

„Scheinbar nicht. Wir sind alle sehr verunsichert." -

„Ich gebe dir nochmal meine Karte. Bitte ruf an, wenn du mehr weißt."

Tobias gab ihr seine Visitenkarte und verabschiedete sich dann von ihr. Sie sah ihn mit einem auffallenden Augenaufschlag an und Alff hatte wieder das Gefühl, dass sie in ihm verliebt war.

*

Joseph Kramer hatte zwei Tage bis in die Nacht den *XXL-Club* beobachtet. Er parkte mit seinem Lada genau gegenüber und notierte das Kommen und Gehen des Personals. Er erkannte Tamara sofort. Eine kräftige rothaarige Frau. Die zwei Fotos, die Victor ihm von ihr gab, trafen genau zu. Zweimal ist dann Tamara unauffällig gefolgt und hatte nun einen vollständigen Eindruck gewonnen. Ihre Wohnung lag nur etwa 500 Meter vom Club entfernt. Es war ein größeres Mietshaus. Sein Plan nahm Gestalt an. Allerdings musste er sie aus nächster Nähe erschießen. Es gab dort nur eine enge Bebauung mit hohen und alten Mietshäusern.

Dann war es soweit. In der dritten Nacht parkte er ganz in der Nähe der Wohnung, stieg dann aus und begutachtete den Hauseingangsbereich noch einmal näher. Vor dem Eingang gab es einen Holzverschlag für den großen Müllcontainer der Mieter. Der Eingang war schwach von einer kleinen Lampe neben der Tür beleuchtet. Aus der Richtung des *XXL-Clubs* konnte man den Eingang nicht einsehen, weil der Holzverschlag die Sicht versperrte. Dort könnte Kramer der Frau auflauern und mit der Makarow samt Schalldämpfer erschießen. Gegenüber und zwar in beiden Richtungen gab es keine Möglichkeit, mit dem Präzisionsgewehr aus sicherer Entfernung zu arbeiten. Auch aus dem Lada heraus, etwa auf der gegenüberliegenden Straßenseite war keine gute Idee. Das könnte beobachtet werden. Es blieb nur der Holzverschlag. Der lag im schwachen Licht der Eingangsbeleuchtung. Aber in dem Zwischenraum zum Haus gab es eine dunkle Ecke, in der sich Kramer verstecken könnte, um dann plötzlich hervorzukommen und sein Werk blitzschnell zu beenden. Es würde nur Sekunden dauern. Er beschloss, so vorzugehen. Noch in dieser Nacht wollte er zum Abschluss kommen. Vom Tatort würde er rasch sein Fahrzeug erreichen und unauffällig leise davonfahren. Alles war jetzt genau geplant. Die Makarow hatte er schon mit dem passenden Schalldämpfer versehen und griffbereit in der rechten Jackentasche stecken.

Kramer setzte sich noch einige Stunden in seinen Lada. Er hatte sich vom Hotelpersonal einige belegte Brote machen lassen, die er mit mehreren Papierservietten verpackt hatte und nun genüsslich verspeiste. Es war erst kurz vor Mitternacht. Die Frau kam immer erst gegen 3 Uhr zu Fuß vom Club. Eine halbe Stunde vorher wollte er seinen Platz hinter dem Holzverschlag einnehmen. Aber nun plagte ihn der Harndrang. Er verließ den Lada und ging zu dem ausgesuchten Versteck. Dort wollte er unbeobachtet pinkeln. Als er näherkam, verließ gerade ein Mann das Haus und schaute ihn misstrauisch an. Kramer ging deshalb am Haus vorbei, als ob er ein Fußgänger sei, der nur zufällig dort entlang ging. Der Mann stieg ein Stück weiter in sein Fahrzeug und fuhr weg. Joseph Kramer ging wieder zum Holzverschlag zurück und konnte unbeobachtet dort pinkeln. Als er wieder zu seinem Lada zurück gehen wollte, trat er im Eingangsbereich des Hauses in eine Vertiefung. Die Gehwegplatten vor dem Eingang waren teilweise abgesunken und hätten schon lange begradigt werden müssen. Ein stechender Schmerz im rechten Knie war die Folge und beinahe wäre er sogar gestürzt. Er stand einen Moment still, damit sich das Knie beruhigen konnte. Aber der Schmerz blieb und der kurze Weg zu seinem Lada war mühevoll.

Dann war es endlich soweit. Die Uhr zeigte 2.40 und Joseph Kramer ging zu seinem Versteck und stand mit stechenden Schmerzen im Knie hinter dem Holzverschlag. Er konnte von dort allerdings nicht den Fußweg einsehen.

Nach einigen Minuten hörte er Schritte näherkommen. Er konnte von seinem Versteck aus nicht sicher erkennen, ob es die erwartete Frau war. Deshalb ging er um den Holzverschlag herum und sah vorsichtig in die Richtung, von wo die Schritte zu hören waren. Da sah er sie. Allerdings warf das schwache Licht vom Hauseingang einen Schatten auf den

Gehweg. Joseph Kramer bemerkte das nicht und er sah auch nicht, dass Tamara wegen dieses Schattens kurz vor dem Holzverschlag rechts ins Dunkle trat. Sie wurde schon zwei Mal in der Nacht von Junkies überfallen, die ihr die Handtasche wegreißen wollten. In einem Fall konnte sie den jugendlichen Junkie abwehren und so traktieren, dass er die Flucht antrat. Im anderen Fall wurde ihr die Handtasche brutal entrissen. Seitdem hatte sie sich einen Teleskop-Schlagstock, eine sogenannte Stahlrute mit Eisenkugel zugelegt. Das war nach dem Waffengesetz natürlich nicht legal, aber was war im Rotlicht-Bezirk schon legal. Als sie auch vorsichtig in Richtung ihres Hauseingangs hinsah und im Schatten des Holzverschlages näher kam, trat Kramer gerade aus dem Versteck und hatte die Makarow in der rechten Hand. Joseph Kramer wunderte sich, dass die Frau auf einmal verschwunden war. Er sah sie nicht mehr. Er hatte doch noch die Schritte gehört und sie kurz identifiziert. Er ging einige Schritte nach vorn und da sprang Tamara mit der Stahlrute ihm entgegen. Sie schlug mit voller Wucht auf Kramers rechten Arm, weil sie dort die Waffe sah. Er zuckte zusammen, unterdrückte mühsam einen Schrei und drehte sich weg. Der Schlag mit der Stahlrute schmerzte höllisch. Mit einer solchen Rute konnte man Knochen brechen. Kramer wurde für einen Moment unsicher. Er wich vorsichtshalber fast reflexartig noch einen Schritt zurück, um Abstand für den Fall eines weiteren Schlages herzustellen. Er musste jetzt schießen. Er durfte nicht länger zögern. Er war aber nicht schnell genug. Die Frau kam blitzschnell näher und schlug wieder zu, diesmal auf den linken Arm, den er abwehrend hinhielt. Der Schmerz war so stark, dass Kramer zusammenzuckte. Irgendetwas war mit dem Arm passiert. Er konnte ihn nur unter heftigen Schmerzen bewegen. Kramer wurde unsicher, dachte kurz über Flucht nach. Diese harte Begegnung hatte er nicht eingeplant. Dann wich er zu schnell einen weiteren Schritt zurück, kam dabei ins Stolpern und fiel rückwärts auf den Gehweg. Er hob den rechten Arm und zielte mit der Makarow. Es musste schnell gehen, aber ihm war, also würde jetzt die Zeit einfach stillstehen. Sein Arm war total zittrig. Er konnte die Waffe kaum festhalten. Als Tamara näher auf ihn zukam und mit dem Fuß zutreten wollte, drückte er ab. Sie zuckte vor Schreck zusammen, aber der Schuss traf nicht. Kramers rechter Arm war zu unruhig und er war auch nervös geworden. Er drückte wieder ab, fast aus Panik, ohne richtig zu zielen. Der zweite Schuss traf Tamara im Bauchbereich. Sie krümmte sich und Kramer hielt nun die Waffe mit beiden Händen. Trotz Schmerzen kam der dritte Schuss. Das war der tödliche Treffer und die Frau fiel rückwärts auf den Gehweg und rührte sich nicht mehr.

Joseph Kramer atmete schwer. Er schaffte es nicht, aufzustehen. Auf allen Vieren krabbelte er mühsam zum Holzverschlag, um sich dort zum Aufstehen abzustützen. Zittrig und unsicher kam er hoch und lehnte sich an den Holzverschlag. Alles drehte sich um ihn. Der rechte Unterarm schmerzte heftig, der linke Arm noch mehr und war nur unter Schmerzen zu bewegen. Kramer hoffte, dass nichts gebrochen sein würde. Er musste nun möglichst schnell vom Tatort weg. Mit der Makarow in der rechten Jackentasche schlich er zu seinem Lada. Er musste mehrmals kurz stehenbleiben und schwankte unsicher wie ein betrunkener Passant. Als er seinen Lada erreichte, warf er die Makarow auf den Beifahrersitz und ließ sich auf den Fahrersitz fallen. Er blieb eine ganze Weile ruhig sitzen, musste sich etwas erholen. Seinen linken Arm konnte er kaum bewegen. Auch der rechte Arm schmerzte heftig. Er musste damit die Getriebeschaltung bedienen. Als das beim ersten Versuch misslang, sank er etwas ratlos zusammen und wartete einige Minuten. Dann hörte er schon ein Martinshorn. Irgendjemand hatte wohl schon die Polizei gerufen. Kramer beschloss, in der Parklücke stehenzubleiben. Er stellte seinen Sitz in Liegeposition und legte sich weit zurück, so dass die vorbeifahrende Polizei nur einen scheinbar leer stehenden Pkw sehen konnte. Die Makarow hatte er schnell in das Handschuhfach gelegt. Und tatsächlich, kurz darauf fuhr ein Polizeifahrzeug langsam vorbei. Die Polizeibeamten sahen sich jedes der am Straßenrand parkenden Fahrzeuge an. Der Lada erschien ihnen aber nicht verdächtig. Kramer blieb mehrere

Stunden dort und fuhr erst am Morgen so gegen 7.00 Uhr in das kleine Hotel zurück.

*

Es wurde gerade 11 Uhr als vier schwere Motorräder mit tiefen Motorendonner den Hof der Spedition von Rudi Diedrichsen erreichten. Das Tor stand offen und auf dem Hof stand immer noch der Lkw mit dem Auflieger, auf dem sich ein großer Container befand. Aus der Halle traten Jo und einer seiner Leute hervor. Jo kam ursprünglich aus Jamaika, hatte sehr dunkle Haut und war riesengroß und kräftig. Rolf hieß der andere Mann. Er war reichlich vorbestraft und hatte schon vor Jahren Diedrichsen seine Dienste angeboten. Ein Mann um die 50, hager und wesentlich kleiner als Jo. Diese beiden Männer zusammen mit Pia versuchten, die Spedition nach dem Tod von Diedrichsen auf neue geschäftliche Füße zu stellen.

Bolle Holland stieg zuerst vom Motorrad ab und kam mit finsterer Miene auf Jo zu. Er war kleiner als Jo, aber breit und von auffallend kräftiger Gestalt, überall wo

Haut zum Vorschein kam, war er tätowiert.

„Wir kommen zum Kassieren!" rief er Jo zu.

Die anderen drei Motorradfahrer stiegen nun auch von ihren Maschinen und bauten sich breitbeinig hinter Bolle auf. Die Machtverhältnisse schienen eigentlich klar zu sein: 4 schwere Jungs gegen Jo und einen hageren Typen. Aber Bolles Truppe machte keinen guten Eindruck. Herwig, Bolles bester Mann, hatte mehrere sehr deutliche und blutverkrustete Blessuren im Gesicht. Er quälte sich auffallend beim Absteigen vom Motorrad. Erich Petermann hatte ein zugeschwollenes Auge, blau unterlaufen, einen Verband am Kopf und einen dicken Verband am rechten Knie. Er stand zwar auch breitbeinig und drohend hinter Bolle, musste sich aber am Motorrad mit einer Hand abstützen. Und der jüngste der Truppe machte sowieso keinen gefährlichen Eindruck. Jan war Anfang 20 und sehr schmächtig. Er blickte eher unsicher umher. In dem Moment, als sich die beiden Männergruppen prüfend musterten, kam noch ein weiterer Mann aus der Halle. Rufus, ein farbiger Koloss, ein Bruder von Jo, den er rasch einfliegen ließ, nachdem Rudi Diedrichsen erschossen wurde. Denn Jo wusste, dass es zu Auseinandersetzungen kommen würde. Rufus baute sich neben Jo breitbeinig und unerschrocken auf, die Arme vorn verschränkt.

„Sollen wir uns das Geld selbst holen, oder gibst du uns alles freiwillig?" fragte Bolle provozierend und seine Männer grinsten jetzt etwas gequält, weil sich die Machtverhältnisse durch diesen Rufus auf einmal verändert hatten.

„Verschwindet!" rief Jo ihm zu und stand völlig unerschrocken mit verschränkten Armen da, Bolle direkt gegenüber.

Bolle Holland musterte nun alle aufmerksam. Einen Moment war es totenstill. Es schien, als würde er alle mehrmals durchzählen. Bolle wurde unsicher und presste die Lippen zusammen. Im Grunde waren nur er selbst und Herwig für eine Schlägerei zu gebrauchen. Das war ihm klar. Herwig war zwar ähnlich kräftig wie Bolle, aber er hatte erkennbare Blessuren im Gesicht und war angeschlagen. Und Petermann sah noch schlimmer aus. Und auf Jan konnte er nicht wirklich zählen. Er gehörte nur optisch zur Drohkulisse und blickte jetzt unsicher hin und her. Die Männer von Bolle blieben zwar wie bisher drohend stehen, sahen aber gespannt auf ihren Boss. Und Bolle überlegte krampfhaft, wie er die Situation jetzt retten könnte. Er hatte sich was überlegt und wollte gerade etwas zu Jo sagen.

Da kam plötzlich inmitten dieser seltsamen Stille ein grüner alter Mercedes auf den Platz gerast, bremste heftig, schlingerte dabei und kam kurz vor den Motorrädern zum Halten. Beinahe wäre der Wagen sogar gegen eines der schweren Motorräder gestoßen. Eine große vollschlanke Frau mit langen roten Haaren, die streng nach hinten zusammengebunden waren, stieg aus. Sie war um die 40 und trug eine alte ausgeleierte Jeans, ein dunkelblaues Tshirt und dazu eine schäbige abgenutzte Jeansjacke. Sie sah aus, als ob sie gerade aus dem Bett kam. Im Mercedes saß noch ihr Sohn Benno, der nicht ausstieg und lieber aus dem Wagen heraus die Szene amüsiert beobachtete.

Brunhilde kam forsch auf den dicken Erich Petermann zu, der auffallend schwitzte. Alle anderen sahen überrascht zurück und wussten, dass es Brunhilde war.

„Wo warst du in der Nacht? Wir hatten eine gemeinsame Aktion verabredet und ich habe Stunden gewartet", schrie sie ihn mit einer ungewöhnlich dunklen und kratzigen Stimme an.

Sie stand breitbeinig mit in die Hüften gestützten Armen vor Petermann und man sah, dass sie deutlich größer war als ihr Lebensgefährte.

Erich Petermann erschrak sichtlich. Er drehte sich zu ihr um, stützte sich aber weiter auf sein Motorrad. Alle sahen jetzt gespannt auf diesen Streit. Petermann war kaum in der Lage, zu stehen. Er wurde nämlich in der Nacht beim Schutzgeldeintreiben von zwei Albanern total verprügelt und hatte davon die Blessuren an Kopf und Knie. Er sah ratlos zu Bolle und stammelte zuerst leise aber eindringlich in Richtung Brunhilde:

„Ich habe hier zu tun! Hau ab, wir reden später." –

„Es reicht mir, ich will jetzt wissen, wo du warst und du kommst jetzt sofort mit nach Hause!"

Die Frau schrie auch dies laut heraus und stand weiter breitbeinig wie ein Mann vor Erich Petersen, der etwas hilflos wirkte und auf diese Situation überhaupt nicht vorbereitet war.

„Bolle, ich", Erich Petermann stockte dabei und rang nach den richtigen Worten, „ich muss jetzt wirklich weg!" –

Bolle Holland lief dunkelrot an. Die Situation war an Peinlichkeit kaum zu überbieten. Sein Blutdruck stieg und seine Wut über diese Aktion noch mehr. Diese Störung konnte er nicht dulden. Er drehte sich drohend zu Brunhilde um.

„Brunhilde, du verschwindest sofort. Wir haben hier zu tun. Ich sage das nicht zweimal!" Bolle kam auf die große Frau zu und stellte sich drohend vor ihr auf. Aber diese Brunhilde hatte keine Angst und wich kein Stück zurück.

„Ich lass mich hier von niemanden einschüchtern!" kam es wütend und laut von Petermanns Lebensgefährtin, die sich Brunhilde nannte, zurück. Und zu Erich Petermann gewandt noch lauter im Befehlston:

„Du kommst sofort mit!"

Erich Petermann war sprachlos und ratlos. Er nickte nur heftig, drehte sich um und stieg auf sein Motorrad. Brunhilde bedachte Bolle noch mit einer unflätigen Schimpftirade. Sie kehrte dann um und stieg in ihren alten Mercedes. Mit Vollgas und durchdrehenden Reifen fuhr sie vom Hof der Spedition. Petermann folgte ihr auf seinem Motorrad.

Und da stieg auch Jan auf sein Motorrad und rief nur zu Bolle: „Ich muss auch los!" Fluchtartig fuhr er einfach davon. Ihm war klar, dass er hier nur Prügel erwarten konnte.

Jo und seine Leute lachten laut los.

Für Bolle war das eine peinliche Situation. So etwas durfte einfach nicht passieren. Das kam davon, weil er zu lange Petermann noch in der Truppe geduldet hatte. Aber er hatte keine anderen Leute. Und jetzt kam Jo näher an Bolle heran.

„Bolle, verschwinde jetzt! Sonst schlagen wir zuerst zu. In der Szene wäre es nicht gerade ruhmreich für dich."

Bolle bekam seltsame Furchen auf der Stirn und zögerte mit einer weiteren Eskalation. Er wusste, dass sie jetzt zu zweit keine Chance hatten. Seine Truppe hatte sich total lächerlich gemacht.

„Hör zu Jo! Nur wegen unserer guten Zusammenarbeit in den letzten Monaten geben wir dir drei Tage Frist. Wir kommen wieder und dann nehmen wir uns notfalls alles!"

Bolle musste irgendwie sein Gesicht wahren. Aber er war total sauer. Er gab Herwig ein Zeichen und sie setzten sich wieder auf ihre Maschinen und fuhren donnernd davon.

*

Karin und Tobias waren ungewöhnlich früh im Büro angekommen. Es war gerade 8 Uhr! Kurz nach 8 Uhr wollten die zwei Handwerker wiederkommen, um das kleine Bad weiter zu sanieren. Alle Objekte und auch die Fliesen mussten herausgerissen werden. Auch im Büro selbst sollte nun vieles erneuert werden. Karin hatte schon eine Trittleiter an die Fensterseite gestellt. Sie wollte sich nun um die alten Gardinen kümmern, d. h. sie abnehmen und endlich entsorgen. Als sie eine gute Stunde so intensiv gearbeitet hatten, lud Tobias alle zu einer kurzen Pause ein und bot Kaffee an. Seine Prellungen waren bei der Arbeit einfach zu schmerzhaft.

Die beiden Handwerker hatten schon alles in einen Container geworfen. Das Rausreißen der Objekte verlief schneller als sie dachten. Und die Fliesen wollten sie am nächsten Tag herausstemmen. Das würde viel Staub machen. Sie tranken jetzt den Kaffee mit und verabschiedeten sich danach. Karin wollte gerade wieder die Trittleiter hoch, da fiel ihr ein, dass sie Tobias zum Sport in Langenhorn angemeldet hatte.

„Übrigens habe ich dich bei Sabine zum Sport angemeldet. Sie hat zugesagt, dich persönlich in die Geräte einzuweisen und Tipps zu geben."

Tobias räumte gerade ein altes Regal leer. Es sollte entsorgt werden und auch auf dem Container landen.

„Super!" antwortete er, obwohl er nicht überzeugt war, aber die Notwendigkeit erkannte. Diese Sabine war ihm suspekt. Die hatte total kurze Haare und eine fast männliche Figur, überhaupt nicht sein Beuteschema.

„Na, die wird mich aber bestimmt antreiben. Wann soll es denn losgehen? Sind das feste Termine?" –

„Ja, übermorgen um 8 Uhr und dann jeden Dienstag und Donnerstag immer um 8 Uhr für zwei bis drei Stunden mindestens." –

„Was? So früh?" Tobias stöhnte laut und gab dabei diverse alte Papiere in einen Schredder.

„Sie wird dir auch Anweisungen für die Ernährung geben!" Karin begann dabei laut zu lachen und Tobias sah sie erschrocken an.

„Nein, nein! Nicht alles gleichzeitig. Das werde ich mit ihr schon diskutieren." –

„Sabine duldet keinen Widerspruch." –

„Das werden wir noch sehen. Aber o. k., ich werde die Termine wahrnehmen."

Aber die Unbequemlichkeiten, die nun mit dieser Sportaktion verbunden waren, gingen ihm nicht aus dem Kopf.

Wenige Minuten später kam Tina, das Patenkind von Karin, um mitzuhelfen. Tina war 15, sah reifer aus und war sogar etwas größer als Karin. Sie hatte noch ihre Sportsachen an, weil sie direkt vom Training kam: Einen blauen Shorts und ein gelbes Tshirt mit der Aufschrift „Frauen-Power-Hamburg". Sie begann sofort, Karin bei einigen Arbeiten zu helfen.

„Tobias wird ab übermorgen aktiv Sport machen und zwar in Langenhorn bei Sabine." Karin verkündete das freudig und beide lachten sofort los, weil sie wussten wie heftig Tobias später stöhnen würde.

„Bei Sabine? Das wird hart! Wie kommt das so plötzlich?" Tina half nun Tobias eifrig beim Leerräumen eines alten Regals. Karin kam von der Trittleiter herunter und hatte die alten Gardinen im Arm, die entsorgt werden sollten.

„Mein bequemer Liebling muss dringend Sport machen. Sieh dir nur den

Bauchumfang an." Karin amüsierte sich köstlich. Tobias war das etwas peinlich gegenüber Tina und drehte sich zu Karin um:

„Ich brauche jetzt Hilfe, um das Regal in den Container zu werfen!"

Beide fassten das Regal. Es war schwer und musste mit reichlich Mühe aus dem Büro bugsiert werden und dann warfen sie es mit Schwung in den Container.

Als sie wieder eine kleine Pause machten und Tobias für alle Kaffee einschenkte, meldete sich Karins Smartphone. Sie sah aufs Display: Es war ihre Mutter.

„Dich kann man ja überhaupt nicht erreichen!" kam es vorwurfsvoll von Karins Mutter. „Verena und ich wollen nur mit allen Frauen der Familie gemütlich im Garten Kaffee trinken und uns mal so richtig austauschen. Bist du in der nächsten Zeit anwesend? Verena würde sich freuen, wenn du dabei wärest?" –

„Ja, ich bin natürlich dabei." Antwortete Karin. „Steht der Termin schon?" –

„Ja, Sonntag in einer Woche. Aber ich melde mich noch, wenn es doch noch später wird. Verena möchte nicht so lange warten, denn das Wetter ist gerade so schön und soll wohl noch eine Weile so bleiben." -

„Ich habe nichts anderes vor. Bin also dabei."

Karin beendete das Gespräch mit dem Hinweis, dass sie gerade auf einer Leiter stehe und Gardinen abnimmt. Sie war von einem solchen Frauen-Treffen nicht sonderlich begeistert. Meistens gab es Streit und oft wurde über ihre Beziehung mit Tobias hergezogen. Oder ihre Mutter hatte wieder eine neue Bekanntschaft und machte daraus vorerst ein großes Geheimnis. Sie stand schon immer auf Hochstapler-Typen und wurde schnell enttäuscht. Und mit Verena, Karins Schwester, war es auch nicht einfach. Sie waren zu verschieden und es gab viele streitige Themen, die man besser bei so einem Treffen aussparen sollte. Aber immerhin hatte Verena für die Bürosanierung einen Zuschuss gegeben. Das war schon ein kleines Wunder.

„Ach ja, das Treffen der Frauen!" kam es nun von Tina, die sofort zu lachen anfing. „Lust habe ich nicht, aber ich muss helfen, weil Marina von Papa Urlaub bekommen hat."

Im Büro waren beide noch bis in die Abendstunden beschäftigt und langsam nahm das Büro Gestalt an. Alles sah frischer und schöner aus. Ein neuer Schreibtisch, neue Stühle und einige neue Regale ließen das Büro heller und sauberer erstrahlen. Die neuen blauen Gardinen passten auch sehr gut dazu.

*

Joseph Kramer stellte im Hotel fest, dass sein linker Unterarm angebrochen war. Jede Bewegung schmerzte heftig. Er ließ sich von der freundlichen Hotelchefin Verbandsmaterial geben und sie half ihm dabei. Er gab an, am Hafen eine steile Treppe hinunter gestürzt zu sein.

„Soll ich nicht doch lieber einen Arzt holen?" fragte sie besorgt.

Die Hotel-Direktorin war eine ältere Dame, sehr gepflegt und ein mütterlicher

Typ. Ihre schwarzen Haare waren hochgesteckt.

„Nein, das ist nicht nötig. Der Verband sitzt ja schön fest. Mehr wird der Arzt auch nicht machen."

Dieser Vorfall gab ihm sehr zu denken. Früher wäre ihm das nicht passiert. Mit 72 Jahren ist die Reaktion eben doch langsamer. Nur einen kurzen Moment zweifelte er, ob er den Auftrag zu Ende führen sollte. Aber es war eben nicht seine Art, aufzugeben. Er gab sich entgegen bisheriger Planung lieber noch zwei Tage Ruhe. Erst am dritten Tag verließ er um 17 Uhr das kleine Hotel, um den Auftrag, den dritten Akt weiter vorzubereiten und zu einem Ende zu bringen. Es ging ihm natürlich nicht gut, aber umso mehr trachtete er jetzt danach, diesen Detektiv möglichst schnell auszuschalten. Sein rechter Arm war angeschwollen, der linke Unterarm angebrochen und durfte nicht bewegt werden.

Er stieg mühsam in seinen Lada und fuhr dann mitten durch den Hamburger Berufsverkehr in die Dorotheenstraße und fand natürlich nur nach zweimaligen

Umkreisen eines Häuserkomplexes einen Parkplatz. Die Sonne schien und die Hitze machte ihm zu schaffen. Mit grüner Cordhose und einem schwarzen Oberhemd bekleidet spazierte er die Dorotheenstraße entlang. Er ging langsam am Büro des Detektivs vorbei und sah, dass dort renoviert wurde. Weiter zurück fiel ihm auf der anderen Straßenseite ein älteres Büro- und Geschäftshaus mit Flachdach auf. Er schätzte schon von unten die Sichtachse ein. Dieses Bürohaus schien ihm für den Anschlag geeignet zu sein. Vom Dach könnte er aus sicherer Entfernung seinen Auftrag erledigen. Er sah sich das Haus näher an. Das Gebäude hatte vier Stockwerke. Er betrat das Treppenhaus. Es roch dort etwas muffig. Es gab dort nur Büros. Zum Glück hatte man nachträglich einen Aufzug eingebaut. Kramer fuhr damit hoch bis in den 4. Stock. Von dort gab es noch eine kleinere Treppe zum Dach. Er stieg mühsam hoch und war zufrieden. Von der Dachkante, immerhin mit einer kleinen Randmauer versehen, konnte er sehr gut den Büroeingang des Detektivs sehen und auch das Präzisionsgewehr anlegen.

Allerdings war ihm klar, dass er zuerst die festen Gewohnheiten im Kommen und Gehen beobachten musste. Auf dem Dach war er völlig allein und niemand konnte ihn dort von den anderen Häusern sehen, wenn er sich hinter der kleinen Umfassungsmauer setzte und die Straße beobachtete. Ein idealer Standort.

Zwei Tage verbrachte er dort mehrere Stunden in der Mittagszeit und stellte fest, dass ein Zeitrahmen von etwa 12 Uhr bis 14 Uhr ausreichen würde. Der Detektiv verließ während dieses Zeitraumes täglich allein oder mit einer jungen Frau das Büro. Vom Dach aus würde er aus sicherer Entfernung abdrücken können. Kramer fuhr immer mit dem Aufzug nach oben und wieder herunter. Niemand begegnete ihm. Nach dem zweiten Tag Beobachtung war die Planung perfekt.

Er buchte in dem kleinen Hotel aber noch zwei Tage dazu. Einen ganzen Tag davon wollte er sich noch ein wenig erholen und beschloss entgegen seiner ersten Planung, die er auf dem Dach festlegte, doch noch diese zwei Tage länger zu warten. Wegen der fast gescheiterten Aktion mit der Frau, die sich Tamara nannte, schmerzte der linke Arm immer noch heftig und beide Knie brauchten etwas Ruhe. Er hatte ohnehin Zeit.

*

Tobias Alff kam um kurz nach 10 Uhr völlig erschöpft vom ersten Sporttermin ins Büro. Er machte sich zuerst einen Becher Kaffee und ließ sich in seinen alten Ohrensessel fallen. Diese schreckliche Sabine hatte ihm ein fast nicht leistbares Trainingsprogramm aufgedrückt und trotz seiner Prellungen hart gefordert. Ausdauertraining, dann Gewichte stemmen und einige der typischen Sport-Geräte bedienen. Er war nach den 2 Stunden völlig am Ende.

In seinem Büro standen noch letzte Aufräumarbeiten an. Alff mühte sich damit ab und stöhnte bei jedem Bücken. Nach gut einer Stunde meldete sich sein Smartphone. Es war so gegen 11 Uhr. Am anderen Ende meldete sich Lara, die Barfrau aus dem *XXL-Club*.

„Hallo Tobias. Wir müssen uns noch heute treffen. Es ist sehr wichtig! Ich warte im Alsterhaus auf Dich wie das letzte Mal." –

„Ja, ich kann in einer Stunde da sein. Ist das o. k.?" –

„Ja, es ist sehr wichtig!"

Tobias war gespannt. Es musste wohl noch mehr passiert sein und er wusste, dass Lara ihm sehr zugeneigt war. Vielleicht war sie sogar heimlich etwas verliebt. Er zog sich rasch um und fuhr dann rechtzeitig los. Um kurz nach 12 traf er sie im Alsterhaus ganz oben im Restaurant. Sie trug enge Jeans und ein lockeres hellgrünes Oberteil. Diesmal waren sehr viele Leute dort und kein Tisch frei.

„Laß' uns dort an den kleinen Stehtisch gehen." Sie zeigte mit dem Finger nach rechts. „Die drei Leute scheinen den Platz gerade frei zu machen."

So war es tatsächlich und beide besetzten rasch diesen Stehtisch. Lara schaute sich prüfend um. Sie hatte immer die Befürchtung, unter Beobachtung zu stehen. Aber niemand schien sie zu beobachten. Beide hatten sich Kaffee vom Stand geholt und standen dann an diesen kleinen Stehtisch, etwas abseits von der Menschenmenge.

„Tamara wurde ermordet." Damit begann Lara und ihre Augen wurden feucht. Sie versuchte nun, einen Schluck Kaffee zu nehmen. Der war aber noch zu heiß und sie setzte den Becher wieder ab.

„Und war das derselbe Mörder wie bei Diedrichsen?" –

„Es scheint so. Sie wurde mit einer Pistole vor ihrer Wohnung auf der Straße mitten in der Nacht erschossen. Aber sie konnte sich vorher offenbar wehren oder hatte den Mann schon gesehen. Jedenfalls muss sie ihm wohl einige Hiebe mit ihrer Stahlrute verpasst haben." –

„Dann wird es so sein, dass die Torres einen Killer beauftragt haben. Die machen sich selbst nur ungern die Hände schmutzig und sind so aus dem Verdacht raus." –

„Ja, Tobias. Und ich habe zufällig beim Servieren im Hinterzimmer gehört, dass du das dritte Opfer werden sollst." Lara wurde dabei ganz leise und ihre Stimme klang besorgt. Der Detektiv schwieg einen Moment.

„Wer hatte das denn gesagt?" –

„Inzwischen hat ein junger Italiener, ein Verwandter der Torres, die Geschäfte im Club übernommen. Der ist ein wenig arrogant und macht sich wichtig. Als er andeutete, dass Tamara nicht das letzte Opfer sei, hatte ich einfach gefragt. Wer denn noch. Es sind doch alle Gegner jetzt erledigt. Da kam es wahrscheinlich zu spontan bei ihm heraus: Du hast den Detektiv vergessen! Der hat uns viel Schaden zugefügt. Also, du musst jetzt total aufpassen." –

„Was weiß man denn inzwischen von dem Killer? Hat die Polizei was verlauten lassen?" –

„Ja, er muss von der Stahlrute verletzt sein. Die tödlichen Schüsse sind angeblich von unten, also vom Boden aus abgegeben worden. Der Killer muss schon am Boden gelegen haben. Und so eine Stahlrute kann Knochen brechen. Und die Waffe war angeblich schon mehrmals in der Vergangenheit in Aktion gewesen. Es soll viele unaufgeklärte Morde mit dieser Waffe geben."

Tobias trank seinen Kaffee nachdenklich aus. Was konnte er tun? Die einzige Chance war, dem Killer zuvor zu kommen. Er musste unbedingt mit der Polizei sprechen.

„Also, Lara, ich danke dir ganz herzlich. Ich habe nur die Chance. Ich muss dem Mörder zuvorkommen. Dafür fehlen mir aber viele Informationen. Finden denn im Hinterzimmer Besprechungen statt?" –

„Ja, da kommen dauernd Männer, die Aufträge erhalten oder angeheuert werden. Alles sehr geheimnisvoll." –

„Würdest du eine Wanze im Hinterzimmer anbringen?" –

„Ich weiß nicht. Das ist ja sehr gefährlich. Wie macht man das?" Lara war unsicher, aber schien bereit zu sein.

„Ich habe sehr kleine Aufnahmegeräte, so klein wie eine Streichholzschachtel, nein noch kleiner, wie ein Lippenstift.

Genau das ist die Form. Wie ein Lippenstift. So ein kleines Ding muss nur gut versteckt werden. Man kann das Ding unauffällig am Saum einer Gardine klemmen, hinter einem Bild stecken oder unter einen der Stühle dort kleben." Der Detektiv hatte in seiner Ausrüstung zwei solcher kleinen Aufnahmegeräte, die fast 200 Stunden aktiv sein konnten. Sie wurden bisher selten eingesetzt.

Lara hörte aufmerksam zu und überlegte.

„Ja, ich hätte da eine Idee. Da steht immer ein etwas wackeliger Stuhl abseits. Meistens wird da eine Jacke abgelegt. Da könnte ich unten das Aufnahmegerät anbringen." –

„Wie lange hast du hier noch Zeit?" –

„Ich könnte noch was einkaufen und in einer Stunde hier nochmal auf dich warten." –

„Super!" Tobias Alff war begeistert. „Ich komme in einer Stunde wieder mit dem kleinen Aufnahmegerät und zeige dir wie das funktioniert." –

„Gut, dann in einer Stunde."

Der Detektiv beeilte sich. Es durfte jetzt keine Zeit verloren gehen. Und so kam er pünktlich wieder und übergab das Aufnahmegerät. Es war tatsächlich so klein wie ein Lippenstift, auch rund und nur wenige cm lang. Der kleine Akku konnte mindestens 200 Stunden halten und das Gerät sprang auch nur an und zwar automatisch, wenn es einen entsprechenden Geräuschpegel gab. Er zeigte ihr den kleinen Schalter und wie man mit Klebestreifen das kleine Teil einfach anbringen kann.

„Wenn dort wieder ein Treffen ist, musst du doch vorher Getränke hinstellen, oder?" –

„Ja, ich bekomme dann Bescheid. Dann kann ich bequem das Gerät befestigen. Und hinterher muss ich dich dann treffen. Soll ich anrufen?" –

„Ja, ruf einfach am Tag drauf an, so gegen Mittag und wir treffen uns wieder hier." –

„Gut. So machen wir das." Lara atmete tief durch und beide verabschiedeten sich freundlich. Diesmal umarmte sie

Tobias Alff dabei und schmiegte sich an ihn.

*

Jo, Rufus und Pia saßen gegen 19 Uhr in der Spedition zusammen.

„Wir können den Laden hier nicht mehr fortführen. Die Verbindungen nach Rio sind weggebrochen und auch über den Landweg funktioniert nichts mehr. Die Italiener haben alles wieder an sich gezogen. Rudi hat die unterschätzt. Es war eigentlich klar, dass die Rache nehmen würden."

Jo war in der Beurteilung ihrer Lage absolut realistisch.

„Ich führe den Thai-Club aber weiter", meinte dann Pia, „und wenn die Leute von Torres kommen, biete ich denen den Betrieb an. Das war ja früher genauso."

Rufus kratzte sich nachdenklich am Kopf und trank sein Bier aus.

„Am besten, wenn wir – also Jo und ich – wieder abhauen. Wir könnten in Frankfurt nochmal nach einem Job sehen, aber ich glaube nicht, dass wir da Fuß fassen können." –

„Den Laden überlassen wir dir, Pia. Verkauf alles oder mach' was du willst. Rechtlich steht uns ja hier nichts zu. Du bist ja immerhin offiziell die Geschäftsführerin." Jo sah nun direkt zu Pia, die mit langer Latexhose und schwarzem Tshirt den kleinen runden Tisch abzuräumen begann.

„Und Bolle lassen wir einfach alles durchgehen?" fragte Pia und sah beide abwechselnd an. Sie hatte eine Wut auf Bolle und hoffte, die beiden Riesen würden ihm zumindest noch einen Denkzettel verpassen. Aber die beiden hatten keine Lust dazu und waren mit ihren Gedanken schon bei ihren Familien auf Jamaika.

„Bolle will doch nochmal kommen und kassieren!" erinnerte Pia die beiden. „Wenn ich hier allein bin, machen die mich fertig." –

„Wir bleiben noch ein paar Tage hier. Aber ich glaube nicht, dass Bolle kommt. Seine Truppe ist ja so gut wie erledigt. Zu zweit wird der sich nicht hierher trauen.

Aber wenn wir abreisen, musst du dir dann andere Beschützer suchen. Könnte nicht dein Halbbruder hier bei dir einziehen? Hier ist doch Platz genug." –

„Was? Nuri? Der ist mir keine Hilfe." Pia schüttelte den Kopf dabei und erinnerte sich, dass sie früher schon mal mit ihm in einer Wohnung zusammen war. Allerdings war es ja in Thailand Tradition, dass das dritte Geschlecht allein schon wegen des schlechten Karmas die Hausarbeit übernehmen musste. Und außerdem hatte sich der Erbe von Rudi Diedrichsen gemeldet. Ein gewisser Peter Diedrichsen war der einzige Bruder und Alleinerbe des Grundstückes. Mit den „Geschäften" um Drogen hatte er aber nichts zu tun. Er hatte angedeutet, in den alten Wohnanbau ziehen zu wollen.

Pia hoffte aber auch, dass die Italiener sie wieder anstellen und beschützen würden. Dann wäre alles wie früher.

*

„Wir sollten uns die beiden Tatorte noch einmal gründlich ansehen!" meinte Tobias während er mit einem Becher

Kaffee im Büro hinter seinen neuen Schreibtisch saß und mit dem ebenfalls neuen Bürostuhl prüfend wippte. Karin nickte und setzte sich nun auch auf einen der bequemen neuen Stühle, die vor dem Schreibtisch standen. Alles war im Büro neu. Nur zwei Regale und der alte Ohrensessel waren noch aus dem alten Bestand vorhanden. Tobias sinnierte kurz und begann, eine kurze Zusammenfassung der Erkenntnisse darzustellen:

„Wir wissen noch wenig von dem Auftragskiller. Nur, dass es ein Profi ist, ein Scharfschütze, offenbar nicht mehr ganz so jung und dass er von Tamaras Stahlrute verletzt wurde. Wenn er da die Arme schützend ihr entgegengehalten hat, kann ihm sogar eine Fraktur passiert sein. Er muss sich hier in Hamburg in einem Hotel eingebucht haben. Mehr wissen wir nicht." –

„Wenn der nie geschnappt wurde, zeugt das von einer absolut professionellen Unauffälligkeit und Planung."

Karin versuchte mit dem wenigen Erkenntnissen eine Art Profil zu erstellen. Sie schlug ihre schönen Beine übereinander und ihr schwarzer Minirock rutschte sehr weit hoch.

„Wir müssen zuerst die Polizei aufsuchen. Die wissen noch Dinge über die früheren Morde, die uns weiterhelfen können. Danach sollten wir die Tatorte aufsuchen."

Tobias stellte seinen Kaffeebecher auf die kleine Ablage der Pantryküche. Beide telefonierten mit dem zuständigen Kommissar und verabredeten sich für den späten Nachmittag.

„Dann fahren wir zuerst zu den Tatorten." Bestimmte Tobias und nahm seine Fotokamera mit.

Nach fast 45 Minuten trafen sie in Finkenwerder ein. Sie hielten kurz vor der Spedition, kurz vor dem Tor.

„Hier hat Diedrichsen mit seinem Wagen gestanden, Pia ist ausgestiegen, um das Tor zu öffnen. Und da traf der Schuss aus der gegenüberliegenden Richtung." Tobias fasste die wenigen Fakten, die ihm auch der Kriminalkommissar am Telefon schon mitgeteilt hatte, so zusammen.

Sie schauten auf den Hof der Spedition. Ein alter Lkw mit Plane stand vor dem Lagerhaus. Daneben stand der kleine Jeep, den jetzt Pia nutzte. Niemand war aber zu sehen. Sie fuhren nun auf den Parallelweg, der hinter dem vermüllten Grundstück gegenüber der Spedition lag. Der Weg war schlecht gepflastert. Viele Löcher in der alten Teerdecke ließen sie durchschaukeln. Tobias hielt an der Stelle, von wo aus sie die Einfahrt zur Spedition erkennen konnten. Beide stiegen aus und betrachteten das Gelände. Alter Schrott und abgenutzte Reifen lagen herum, ein total verrosteter und ausgeschlachteter Kleinlaster stand kurz vor dem alten und abrissreifen Trafohäuschen. Etwas weiter zum Weg lag eine verrostete Baggerschaufel. Daneben waren alte Ziegelsteine aufgestapelt. Sie erreichten dann das alte Trafogebäude aus alten Ziegeln. Wie ein kleiner Turm stand es mitten auf dem vermüllten Grundstück. Es war ein idealer Standort für einen Schützen. Hatte der Killer von hier aus geschossen? Sie gingen wieder ein Stück zurück und betrachteten die Baggerschaufel und kamen überein, dass dies der wahrscheinlichere Standort des Schützen gewesen ist. Hier konnte man ein Scharfschützengewehr ganz fest aufsetzen. Hinter der verrosteten Baggerschaufel konnte man noch heruntergetretenes Gras erkennen. Als sie gerade wieder in ihren Wagen steigen wollten, sahen sie zwei Kinder hinter dem Trafohäuschen. Tobias ging ein Stück in deren Richtung.

„Hallo! Ihr beide, kommt doch mal zu uns!" rief er und Karin stand dann auch neben ihm und winkte.

Die beiden Kinder zögerten. Tobias rief erneut. Langsam näherten sie sich. Zwei Jungs um die 9 oder 10 Jahre. „Seid ihr hier häufiger zum Spielen?" fragte nun Karin mit freundlicher Stimme.

„Ja", antwortete der etwas größere Junge und kam noch näher, „wir sind oft hier." –

„Wir sind Detektive", erklärte Tobias freundlich, „und versuchen einen Mord hier aufzuklären. Habt ihr beide in den letzten Tagen oder Wochen hier einen verdächtigen Mann gesehen, der die Spedition dort drüben beobachtet hat?" –

„Ja, einmal haben wir einen alten Mann hier gesehen. Der hat mit einem Fernglas dorthin gesehen. Wir haben uns dann hinter dem Steinhaufen hier versteckt, damit er uns nicht sieht." –

„Ein alter Mann war das? Woran habt ihr das gesehen?" fragte Karin jetzt nach.

„Der hatte graue Haare!" kam es jetzt von dem anderen Jungen.

„Und der humpelte auch. Ein Bein war wohl nicht mehr in Ordnung." Ergänzte nun der andere Junge.

„Wie lange stand er denn dort?" fragte Tobias die beiden Jungs.

„Ich weiß nicht. Aber er ging auch zum Trafohaus und dort ist er hingefallen. Da ist es nämlich sehr uneben." –

„Hatte er auch ein Auto?" –

„Ja, einen grünen Lada. Das habe ich genau gesehen." Der größere von den beiden Jungs wurde nun immer interessierter.

„Und habt ihr das Kennzeichen erkennen können?" Karin war jetzt gespannt.

„Nein, das konnten wir von hier aus", der Junge zeigte zurück zu ihrem Versteck, „nicht sehen."

„Zeig uns nochmal, wo der Mann hingefallen ist." Tobias ging schon einen Schritt nach vorn.

Die beiden Jungs gingen zusammen in Richtung des Trafohäuschen und zeigten zielsicher auf einer Stelle davor. Da war der Boden tatsächlich sehr uneben und durch das trockene Gras nicht gut zu erkennen. Tobias suchte am Boden, ob der Mann vielleicht etwas dabei verloren haben könnte. Aber es lagen keine Gegenstände am Boden.

Karin und Tobias bedankten sich dann bei den Jungs und fuhren zurück. Nach einer kleinen Kaffeepause vor einem Kiosk kurz vor dem Polizeipräsidium suchten sie den Kommissar auf. Es war Helge Neumann, höchstens 40 Jahre alt, der sie schon erwartete.

„Bitte nehmen Sie Platz. Kaffee? Tee? Wasser?" –

„Ein Glas Wasser wäre gut", erwiderte Karin und setzte sich auf einen der

Stühle, die in kleiner Runde gegenüber Neumanns Schreibtisch standen. Sie schlug ihre Beine wieder übereinander und der schwarze Minirock rutschte dabei weit nach oben. Ihr ebenfalls schwarzes Oberteil war sehr eng und betonte ihre Figur auffallend. Der Kommissar nahm natürlich Notiz davon und musste sich einen Ruck geben, seinen Blick wieder abzuwenden. Er orderte Mineralwasser für alle und als ein Kollege damit kam und wieder den Raum verließ, setzte sich Neumann und sah fest zu Tobias in der Erwartung seiner Aussagen.

„Wir haben glaubhafte Hinweise dafür, dass der Mörder von Diedrichsen und Tamara Kunz mich im Visier hat. Er scheint die Rache der Familie Torres auftragsgemäß auszuüben. Ich sehe nur eine Chance. Wir müssen ihm zuvorkommen. Viel wissen wir über ihn nicht. Aber es muss ein älterer Mann sein mit grauen Haaren wie uns jetzt zwei Kinder erzählt haben. Die beiden Jungs haben den Mann einmal gegenüber der Spedition gesehen wie er alles mit einem Fernglas beobachtet hat. Die beiden haben auch gesehen, dass er hinkt und einen grünen Lade Niva fährt. Und jetzt hoffen wir, von ihnen auch noch einige Dinge zu erfahren."

Kommissar Neumann lehnte sich jetzt zurück und nahm einen Schluck vom Mineralwasser.

„Wir haben ja schon einmal über den Fall telefoniert. Bei dem Mord an Tamara Kunz muss er sich richtig verletzt haben. Sie hatte eine Stahlrute dabei, die auch am Tatort neben ihr lag. Damit kann man schwere Verletzungen zufügen. Sie muss ihn mit Schlägen traktiert haben, denn die Schüsse aus seiner Makarow kamen von unten, also vom Boden aus. Er muss dort schon gestürzt sein. Er hat drei Schüsse abgegeben. Einer ging vorbei, einer traf den Bauch der Frau und erst der dritte Schuss war dann tödlich. Also war er schon in eine Art Panik und scheinbar hat nicht viel gefehlt und die Schläge mit der Stahlrute hätten ihn fertig gemacht. Leider gibt es keine Zeugen. Eine Nachbarin hatte die Frau auf dem Gehweg liegend gefunden. Das muss nur wenige Minuten nach der Tat gewesen sein. Aber sie hatte niemanden gesehen."

Karin beugte sich nun vor, stellte ihr Glas auf den Schreibtisch ab und zog ihren Minirock etwas weiter über ihre Oberschenkel.

„Was weiß man denn über seine früheren Morde? Vor allem, wenn man ein Profil erstellen wollte."

Neumann hatte vor sich zwei dicke Akten liegen. Er schlug eine der Akten auf und nahm einige lose Blätter heraus. Es waren Kopien, die er hinterher aushändigen wollte.

„Also die letzte Tat mit den beiden Waffen lag schon fast 10 Jahre zurück. Er muss eine längere Pause eingelegt haben oder war im Ausland aktiv. Es gab bei den uns vorliegenden Ermittlungen von 5 Morden kaum Spuren. Der Täter ist absoluter Profi. Er muss eine Scharfschützenausbildung genossen haben. Das Gewehr und die Pistole sind ja russischer Bauart. Evtl. war er früher in Russland bei der Armee. Solche Leute scheuen die Öffentlichkeit, leben unauffällig zurückgezogen, mögen keine großen Menschenansammlungen, sind eher Einzelgänger. Also wenn er sich hier in Hamburg noch aufhält, da spricht ja einiges für, wird er wohl eher nicht in einem der großen Hotels eingebucht haben. Und zu Ihnen Herr Alff. Dieser Killer wird Sie schon beobachtet haben und beobachtet vielleicht weiterhin alle Lebensgewohnheiten, um sich dann festzulegen wie und wann und wo er zuschlagen wird. Ist Ihnen bisher nichts aufgefallen?"

Tobias überlegte, lehnte sich im Stuhl zurück und blickte nachdenklich nach oben.

„Nein, uns ist nichts aufgefallen." –

„Vielleicht sollten Sie die nächste Zeit untertauchen. Dann könnte die Suche des Mörders evtl. auffallen." Neumann schlug die Akte wieder zu und übergab die Kopien Karin.

Die beiden Besucher bedankten sich bei Neumann und verabschiedeten sich freundlich. Beide hatten für diesen Tag noch die Besichtigung des zweiten Tatorts vorgesehen. Sie fuhren in Richtung Hafen und parkten nicht weit hinter dem Hauseingang, wo Tamara Kunz ihre Wohnung hatte. Vor dem Eingang war ein Holzverschlag mit zwei

Müllcontainern der Hausgemeinschaft. In Richtung *XXL-Club*, aus der Tamara kam, gab es wenig gepflegtes Gehölz vor den weiteren Wohnhäusern. Karin überlegte: Sie muss ihn vor dem Eingang selbst überrascht haben. Sie muss ihn also vorher gesehen und dabei geahnt haben, dass sie angegriffen wird. Der Mörder wird sich am Holzverschlag im Schatten versteckt haben. Er wollte sie dort offenbar auflauern und überraschen. Aber sie hat ihn offenbar überrascht und zugeschlagen, so heftig, dass er zu Boden ging. Tobias schaute aufmerksam auf den Boden. Auf dem Gehweg waren noch die Kreidespuren der Polizei zu erkennen. Man konnte jetzt noch ausmachen, wo Tamara Kunz lag. Es war nicht mehr direkt vor dem Hauseingang, sondern zwei Meter weiter in die andere Richtung, aus der sie nicht kam. Also muss der Mörder von den Schlägen zurückgewichen sein. Er ist dann gestürzt und schoss dreimal in Panik. Die Abläufe dieser Aktion war irgendwie noch zu erkennen.

„Im Gehölz gibt es nur Unrat, aber nichts davon könnte eine Spur sein." Tobias hatte die niedrigen stacheligen Gehölze am Rand zwischen Gehweg und Häuserzeile abgesucht. Da lagen alte Papiertaschentücher, eine Plastiktüte, mehrere Plastikbecher, ein einzelner alter Turnschuh und Papierfetzen. Karin suchte die andere Richtung ab. Und da fand sie neben Papierfetzen eine Serviette, die dort offenbar durch den Wind hingetragen wurde und irgendwie ungebraucht schien. Sie nahm diese Serviette vorsichtig aus dem stacheligen Strauch.

„Schau mal!" rief sie Tobias.

Ein etwas festere Papierserviette. Die war nur einmal gefaltet. Hat der Mörder sie beim Sturz oder bei seinem Fluchtweg verloren? Es gab keine Adresse darauf, aber ein auffallendes Muster. Ein historisches Flugzeug, die Andeutung einer JU 52 war abgebildet.

„Die Herkunft werden wir kaum ermitteln können. Das sind ja Massenartikel." –

Karin stimmte zu, nahm aber die Serviette mit.

Sie fuhren dann zurück in Tobias Büro. Sie wollten alle Ordner und Unterlagen neu sortieren und in die Regale und Schränke einräumen.

„Morgen früh hast du wieder einen Sporttermin! Ich will dich nur erinnern." Karin legte großen Wert darauf.

„Ja, ja!" kam es etwas genervt von ihm. „Deine Freundin Sabine hat ein Programm vorgesehen, das mich völlig fertig macht. Die ist ja ein richtiges Mann-Weib! Sie hat mehr Gewichte geschafft als ich."

Karin begann laut zu lachen. Sie hatte Sabine sogar nahegelegt, ihren Tobias so richtig zu fordern. Tobias Alff hatte keine Lust, weiter über das anstrengende Training zu reden. Er legte nun einen neuen Ordner mit den ersten Erkenntnissen zu dem Auftragsmörder an. Ein erstes Profil beschrieb er dabei und legte seine Notizen über die Tatortbesichtigung dort ab. Auch die gefundene Serviette kam in eine Klarsichthülle in den neuen Ordner.

„Wenn Tina kommt, kann sie sich mit der Serviette beschäftigen. Vielleicht hat sie eine Idee." Karin hatte einfach so ein

Bauchgefühl, dass diese Serviette sie auf eine Spur bringen könnten.

*

Zwei Tage später:

Joseph Kramer hatte die letzte Aktion doch noch um einen weiteren Tag verschoben. Es ging ihm nicht gut. Einerseits war die Hitze unerträglich und andererseits bekam er wieder dieses Zittern. Sein Arzt in Bad Segeberg argwöhnte schon, ob eine Parkinsonerkrankung im Anmarsch war. Es gab immer mehr dieser zittrigen Tage.

Aber jetzt an diesem Tag sollte es losgehen. Er zog eine leichte Jeans an, dazu wegen der Hitze nur ein dunkles Tshirt und eine leichte Baumwolljacke. Den Verband an seinen linken Unterarm legte er neu an und möglichst eng. Der Schmerz war immer noch heftig. Dann nahm er den länglichen Koffer mit dem Gewehr und verließ das Hotel. Er verstaute den Koffer in seinen Lada und holte nun noch sein anderes Gepäck aus dem Zimmer und checkte aus. Nach der letzten Aktion wollte er sofort nach Hause fahren.

„Hat es Ihnen bei uns gefallen?" fragte eine etwas ältere Dame an der Rezeption und nahm den Schlüssel entgegen.

Kramer antwortete nur leise und undeutlich, was sich aber doch wie eine Bestätigung anhörte. Er zahlte die Rechnung mit Bargeld und ging.

„Passen Sie auf Ihren Arm auf! Gehen Sie auf jeden Fall noch zum Arzt." Die Dame an der Rezeption rief das noch hinterher und da schlug auch schon die Außentür wieder zu.

Mit seinem Lada suchte er dann um die Dorotheenstraße einen Parkplatz. Das war um 11 Uhr nicht einfach. Und die Lücke, die er fand, war gute 500 Meter von seinem ausgewählten Ort entfernt. Er stieg ruhig aus. Alles musste unauffällig sein. Mit dem schwarzen Koffer ging er langsam zu dem Gebäude, auf dessen Dach er sich postieren wollte. Er hinkte leicht, weil das rechte Knie Probleme machte.

Als er das 4-stöckige Haus betrat, sah er das Schild am Aufzug: „Außer Betrieb". Er blieb einen Moment stehen. Sollte er die Aktion noch einmal verschieben?

Wer weiß, wann der Aufzug wieder funktionieren würde. Joseph Kramer verfluchte in diesen Moment seinen Auftrag. Er war doch schon lange im Ruhestand. Und jetzt wieder ein Problem. Er war nicht mehr der Jüngste und mit 72 noch einmal diesen Stress? Und wieder kamen ihm kurz Zweifel, ob er nicht einfach abbrechen sollte. Er biss aber die Zähne zusammen und begann die Treppen zu steigen. Bis zum 2. Stock ging es noch mit dem Knie. Zum 3. Stock kam die linke Hüfte dazu und das rechte Knie knirschte und stechende Schmerzen befielen ihn. Zum 4. Stock musste er mehrmals stehenbleiben. Er kam nur langsam Stufe für Stufe hoch. Und nun kam die letzte Treppe zum Dach. Die war steiler und die Stufen höher. Mühsam kam er hoch. Er keuchte schon vor Anstrengung. Und oben angekommen das nächste Problem. Die Eisentür zum Dach war an diesem Tag verschlossen. Zum Glück war es ein einfaches Schloss. Kramer bog seinen Pfeifenreiniger zurecht, den er in der Jackentasche zum Glück vergessen hatte. Nach mehreren Versuchen konnte er das Schloss öffnen und das Dach betreten. Oben kam ihm eine gnadenlose Hitze und Sonnenbestrahlung entgegen. Es gab hier keinen Schatten. Kramer lehnte sich zuerst an die Wand des Treppenhauses, um wieder Luft zu bekommen. Dann begann er das Gewehr herauszunehmen und fügte die Teile fachgerecht zusammen.

Kurz vor 12 hatte er das Gewehr auf dem kleinen Mauervorsprung angelegt und das Zielfernrohr justiert. Normalerweise würde er sich nun hinter das Gewehr knien. Aber die Arthrose ließ das nicht zu. Er setzte sich seitlich dahinter und bekam auch so das Ziel vor Augen, wenn auch mit einer leichten Körperdrehung. Als er fertig zum Abschuss war, wischte er sich mit dem Ärmel seiner Jacke den Schweiß aus dem Gesicht. Die Anstrengung war einfach zu groß. Und da bemerkte er wieder dieses leichte Zittern. Es war eher eine Unruhe, die er nicht in den Griff bekam. Er versuchte sich zu entspannen und atmete ganz gleichmäßig. Und da kam wie so oft dieser plötzliche Harndruck noch dazu. Der geplante Eingriff in die Harnröhre durch die zu enge Prostata war erst in drei Wochen geplant. Es half nichts.

Kramer stand auf und stellte sich hinter das Treppenhaus mit dem Ausgang zum Dach und urinierte dort. Aber es kamen nur wenige Tropfen. Kramer legte sich wieder hinter sein Gewehr. Seine Uhr zeigte 12.10 und er sah gespannt zum Büro des Detektivs. Jeden Moment würde der dort herauskommen und wie immer in Richtung des um die Ecke liegenden Supermarktes gehen. Dann könnte er ihn von hinten gut treffen.

Es vergingen nur knapp 10 Minuten. Da traten Tobias Alff und Karin aus der Tür und drehten dem Schützen den Rücken zu. Joseph Kramer sah angestrengt durch das Zielfernrohr. Er hatte den Kopf des Detektivs im Fadenkreuz. Ehe das Opfer um die Straßenecke bog, musste abgedrückt werden. Kramer wurde etwas zittrig. Er änderte seine Sitzposition etwas und bekam den Detektiv wieder gut in das Fadenkreuz. Und da drückte er ab! Er sah noch wie der Detektiv zu Boden ging. Und jetzt hieß es, den Tatort rasch zu verlassen. Kramer packte die Waffe fachgerecht in den Koffer und begab sich ins Treppenhaus. Auf der steilen ersten Treppe wäre er fast gestürzt. Sein rechtes Knie gab auf einmal nach. Er konnte sich noch gerade am Geländer festhalten. Der Koffer fiel die Treppe herunter und lag vor der nächsten Treppe. Dann die weiteren Treppen. Wenn die auch von der Höhe und Breite komfortabel waren, Kramers Knie machten nicht mit und er musste sich immer wieder auf die Stufen setzen. Der stechende Schmerz im Knie und dann auch die Arthrose in der linken Hüfte machten den Abstieg zur reinsten Qual. Der Waffenkoffer, eigentlich nur etwa 5 kg schwer, schien an Gewicht deutlich zuzulegen. Endlich war das Erdgeschoss erreicht und Kramer war erleichtert und verließ das Gebäude. Dabei hatte er nun übersehen, dass es auch zur Straße hin noch eine Stufe hinab ging. Er trat ins Nichts und stürzte aus dem Haus und lag auf dem Gehweg. Ausgerechnet mit dem linken Arm versuchte er sich reflexartig abzustützen. Aber da kam der stechende Schmerz von der Bruchstelle und er konnte einen kurzen dumpfen Aufschrei nicht verhindern. Der Koffer fiel ein kleines Stück auf die Straße und ein Fahrradfahrer sah es zu spät. Der Sturz mit dem Rad sah schlimmer aus als es am Ende war. Zwei Passanten halfen Kramer hoch, der dann zittrig und unsicher an die Wand gelehnt stand. Der Radfahrer, ein junger Mann in typischer Sportkleidung pöbelte laut herum. Sein Fahrrad war zum Glück weiter fahrbereit und er selbst hatte nur zwei Schürfwunden am Knie und Ellenbogen. Ein älterer Passant hob den Waffenkoffer auf und reichte ihn Kramer zu, der ihn mit zittriger Hand abnahm.

„Sollen wir einen Krankenwagen rufen?" fragte eine junge Frau besorgt.

„Nein, Nein. Es geht schon. Ich muss nur etwas durchatmen." –

„Wo wollen Sie denn mit dem Koffer hin? Können wir da helfen?" fragte ein älterer Herr, der den ungewöhnlich länglichen Koffer aufmerksam betrachtete.

„Vielen Dank", kam es von Joseph Kramer, der nun nervös wurde, „ich komme jetzt zurecht. Ich muss nur einen Augenblick durchatmen."

Joseph Kramer biss die Zähne zusammen und ging angestrengt voller Schmerzen in Richtung seines Ladas. Er durfte jetzt nicht schwanken. Es war alles schon auffällig genug. Mühsam und mit kleinen Schritten erreichte er sein Fahrzeug, warf den Waffenkoffer hinein und sank erschöpft und zittrig auf den Fahrersitz. Er war völlig am Ende und den erneuten unbändigen Harndruck ließ er jetzt einfach laufen. An ihm vorbei fuhren im hohen Tempo ein Notarztwagen und ein Krankenwagen. Kurz darauf kamen zwei Polizeiwagen mit Blaulicht. Kramer fuhr los und zwar in die andere Richtung und wie immer langsam und unauffällig. Nach über einer Stunde Fahrt erreichte er sein Zuhause in Bad Segeberg.

*

Um 16 Uhr kam endlich der operierende Arzt aus dem OP und ging zielstrebig auf die zwei jungen Frauen zu, die voller Sorge auf eine erlösende Nachricht warteten. Karin hatte verweinte Augen und neben ihr stand Tina, ihr Patenkind. Sie gingen dauernd auf und ab, setzten sich dann kurz und hielten sich gegenseitig tröstend umarmt. Der Arzt stand dann vor ihnen.

„Er hat großes Glück gehabt", begann der Arzt, ein schlanker Mann um die 40, „aber er hat viel Blut verloren. Der Schuss ging ins Schultergelenk und traf auch ein größeres Blutgefäß. Das Schultergelenk haben wir mit Schrauben und Drähten wieder zusammengeflickt. Das wird wieder, braucht aber Zeit."

Karin und Tina fielen sich erleichtert in die Arme und begannen zu weinen. Der Arzt wartete einen Moment und fuhr fort:

„Der Blutverlust ist so an der Grenze für eine Transfusion. Wir haben die Blutung gut gestillt und auf eine Transfusion verzichtet. Er ist dadurch sehr geschwächt, wird aber sein Blutvolumen in einigen Wochen vollständig aufbauen können." –

„Wann kann er entlassen werden?" fragte Karin.

„Wir behalten ihn noch einen Tag zur Kontrolle. Morgen Nachmittag können Sie ihn abholen. Er könnte auch mit dem Krankentransport nach Hause gefahren werden." –

„Wir holen ihn ab." Karin dachte schon weiter. Es war ein Anschlag. Die Gefahr war nicht vorbei und Tobias musste an einen Ort, den sonst keiner kennt. Zu Hause war es zu gefährlich. Und niemand – auch nicht das Krankenhaus – durfte die Zuflucht kennen.

Karin und Tina fuhren nun zur Polizei. Die hatte darum gebeten. Auf dem Weg hatte Karin schon eine Idee.

„Wir bringen Tobias zu Tante Irmchen. Sie wohnt mit ihrer Tochter Wanda in einem kleinen Dorf in der Nähe von Einbeck am Harz. Dort kann Tobias sich in Ruhe und Sicherheit erholen."

Tina stimmte zu, fand die Idee gut und bot jede erdenkliche Hilfe an.

*

Auf dem Polizeipräsidium wartete Kommissar Helge Neumann schon auf Karin.

„Das war ein Anschlag!" begann er und bot dabei den beiden Frauen Stühle an. „Sie hatten ja schon den Verdacht und jetzt deutet alles darauf hin, dass auch dieser Anschlag zur Serie gehört.

Vielleicht war Ihr Partner nicht das letzte Opfer. Unsere kriminaltechnische Untersuchung wird es bestätigen. Das Geschoss hier stammt wieder aus dem bekannten russischen Gewehr. Der Täter ist ein Profi und ein Auftragskiller. Wenn er erfährt, dass der Anschlag nicht erfolgreich war, wird er wiederkommen. Bringen Sie ihren Mann an einen sicheren Ort!"

Ein junger Polizeibeamter betrat den Raum und brachte Kaffee. Der Kommissar schenkte aus der Kanne ein. Als Karin die Tasse anhob, merkte sie, dass ihre Hand leicht zitterte. Ihre innere Aufregung hatte sich noch nicht gelegt.

„Haben Sie eine Idee oder besser Hinweise, wer hinter den Morden und Anschlägen stecken könnte?" fragte Neumann und zog sein Sakko aus. Das blaue Oberhemd war unter den Achseln deutlich nass. „Ihre Vermutungen aus unserem letzten Gespräch waren ja schon naheliegend. Aber warum Tobias Alff? Gab es einen früheren Auftrag, der als Grund infrage kommen könnte?"

Karin überlegte kurz, ob sie alles erzählen sollte. Aber dann begann sie:

117

„Wir haben Hinweise und den Verdacht, dass die italienische Mafia um die Familie Torres den Auftrag gegeben hat. Wir hatten vor einiger Zeit einen Auftrag, der uns in die Drogenszene führte. Wir haben aus Sicht der Torres vielleicht Anteil an der Ausschaltung deren Geschäfte in Hamburg. Wir suchten damals nämlich die Stieftochter der Torres und kamen mit deren Machenschaften in Berührung."

Der Kommissar machte sich einige Notizen.

„Wir wissen noch nicht viel. Aber klar ist, dass mit diesen Waffen schon vor 20 Jahren Morde begangen wurden. Dann war es einige Jahre still. Vielleicht war er auch im Ausland. Wir hatten diese Fakten ja schon besprochen. Und es scheint so wie Sie schon beim letzten Mal vermutet haben, dass wir es mit einem älteren Mann zu tun haben, vielleicht so um die 60 herum. Und es ist mit Sicherheit ein Profi. Das heißt, er ist unauffällig, plant alles genau und lässt sich notfalls viel Zeit. Wir melden uns bei Ihnen, wenn wir neue Erkenntnisse haben und bitten umgekehrt auch um Hinweise, wenn Sie etwas erfahren." –

„Mein Partner wird jetzt untertauchen. Aber wir halten die Augen offen und ich werde weiter nach Hinweisen suchen, um dem Mörder zuvor zu kommen."

Neumann verabschiedete sich mit einigen freundlichen Worten und die beiden Frauen verließen das Polizeipräsidium.

*

Zwei Tage später:

Karin und Tina erschienen um 10 Uhr im Marien-Krankenhaus, wo Tobias operiert wurde und nun entlassen werden sollte. Beide trugen eine leichte weiße Baumwollhose. Karin dazu eine weiße Bluse, Tina ein gelbes Tshirt. Sie mussten noch gut eine Stunde warten. Dann schob eine Krankenschwester Tobias Alff in einen Rollstuhl auf den Flur. Karin lief gleich zu ihm. Sie umarmten sich erleichtert. Sie schoben den Rollstuhl auf den Parkplatz bis zu Karins roten Golf. Tobias hatte Mühe, einzusteigen. Er war sehr geschwächt und um die linke Schulter gab es einen dicken Verband, der mindestens 3 Wochen so bleiben sollte. Karin hatte alles vorbereitet. Sie hatte am Tag zuvor mit Tante Irmchen lange telefoniert. Tante Irmchen lebte mit ihrer Tochter Wanda und seit einigen Wochen auch mit dem pflegebedürftigen Vater von Tobias am Rande von Einbeck am Harz. Sie freute sich, Tobias aufzunehmen. Tante Irmchen war immer schon sehr hilfsbereit und herzlich. Also ging es sofort in Richtung Einbeck. Einen Koffer hatte Karin bereits im Wagen. Tina fuhr mit und half wo sie konnte.

„Alles im Auftrag der Torres aus Sizilien", begann Karin, „und der Auftragskiller ist ein Profi. Der wird bald erfahren, dass du überlebt hast und dich suchen. Aber bei Tante Irmchen findet dich niemand. Du musst da mindestens 4 Wochen bleiben, vielleicht noch länger." –

„Bei den nächsten Besuchen müsst ihr verdammt aufpassen, dass niemand euch verfolgt. Also unbedingt vorsichtig sein."

Tobias ahnte die Gefahr trotz des nun vorgesehenen Untertauchens bei Tante

Irmchen. Bei dem Gedanken drehte er mit den Augen. Er kannte ja seine Tante gut. Sie war zwar rührend fürsorglich, aber eben auch nervig. Vier Wochen dort war schon eine Herausforderung. Aber Sicherheit war jetzt wichtiger. Niemand wurde informiert, niemand ahnte, dass sich Tobias dort in der Nähe von Einbeck versteckte. Nur die engste Familie wusste davon. Sie beredeten noch viele Dinge, die anstanden. Zum Beispiel wie es mit der Modernisierung im Büro weitergehen sollte, wann das neue Marketing mit Kleinanzeigen und anderen Maßnahmen beginnen sollte. Karin versprach auch, etwaige Aufträge notfalls allein zu erledigen, um das Geschäft nicht unnötig unterbrechen zu müssen. Tobias fiel auf einmal ein, dass er Lara ein Aufnahmegerät gegeben hatte.

„Übrigens musst du noch das Aufnahmegerät, das Lara im *XXL-Club* angebracht hat, zurücknehmen. Wir erhalten vielleicht darüber noch wichtige Hinweise." –

„Ich werde sie anrufen und treffen!"

Nach 4 Stunden Fahrt bog Karin endlich in die kleine Nebenstraße „Borntal" ein, die schon etwas außerhalb von Einbeck in schöner Natur lag. Tante Irmchen hatte dort ein älteres Siedlungshaus und ein großes Grundstück, das in großen Teilen als Nutzgarten angelegt war. Ihre Tochter Wanda war Ende 40 und lebte seit einigen Jahren auch dort. Sie war als Pflegekraft wegen eines Rückenleidens berufsunfähig geworden und zog dann bei ihrer Mutter ein. Beide verstanden sich immer gut. Karin fuhr den Golf weit in die Auffahrt hinauf, um den Weg zum Haus so kurz wie möglich zu halten. Da traten schon beide Frauen aus der Haustür und sangen gemeinsam zur Begrüßung das schöne alte Volkslied „In allen guten Stunden". Das Singen war den beiden Frauen ein gemeinsames Hobby. Wanda war darin so geübt, dass sie fast immer eine schöne zweite Stimme beitrug.

Tobias stieg mühsam aus und stand unsicher. Karin gab ihm eine der Unterarmstützen. Nur mit der rechten Hand war es ihm möglich, sich damit abzustützen. Alle begrüßten sich dann herzlich und Tante Irmchen bat alle hereinzukommen. Sie trug einen dunkelbraunen langen Faltenrock, ein hellblau-geblümte Bluse und eine weiße Schürze darüber. Wanda war größer als Tante Irmchen, aber fast genauso gekleidet. Sie trug eine einfarbige hellblaue Bluse unter der weißen Schürze. Der Tisch war natürlich bereits gedeckt und Tobias wurde auf einen Lehnstuhl geleitet. Tobias Vater saß bereits am Tisch und freute sich sehr, seinen Sohn zu sehen. Er war etwas dement und es dauerte einige Minuten, bis er begriff, dass Tobias sein Sohn war. Es gab bei Tisch einen regen Austausch über die Geschehnisse der letzten Tage. Wanda schnitt dann die große Nusstorte an, Karin half beim Kaffee-Einschenken und so verlief der Begrüßungskaffee herzlich und gemütlich.

Nach zwei Stunden verabschiedeten sich Karin und Tina. Karin hatte wegen der Renovierung des Büros zu tun und versprach, täglich anzurufen und am nächsten Wochenende wieder zu kommen. Während Karin und Tina zum Auto gingen stimmten Tante Irmchen und Wanda das schöne alte Lied „Laßt uns all' nach Hause gehen" an. Sie sangen zweistimmig alle 4 Strophen, bis der rote Golf nicht mehr zu sehen war.

*

Im *XXL-Club* hatte die Familie Torres inzwischen die Leitung übernommen. Franco Torres, ein Mann Mitte 30, gut gekleidet war jetzt der Boss im Club. Er war ein ruhiger Typ, der aber klare Weisungen gab und Widerspruch nicht gern hörte. Er war aber auch arrogant und stolz. Lara hatte nichts auszustehen. Sie organisierte wie bisher den Tresen und alles andere funktionierte wie früher. Abends sollten noch zwei Männer kommen und sie sollte Getränke auf den Tisch im Hinterzimmer stellen. Lara hatte das kleine Aufnahmegerät bei sich und hatte es schon einen Tag vorher unter dem wackeligen Stuhl mit Paketband befestigt. Ein winziger Knopf musste zum Einschalten gedrückt werden. Alles war vorbereitet.

Um 22 Uhr kamen ein auffallend großer und kräftiger Mann, mit einem jungen Mann, der sich als dessen Sohn entpuppte, in die Bar. Franco Torres hatte beide zur Beratung eingeladen. Mit beiden Männern hatte Franco Torres schon zusammengearbeitet. Bei dem großen Mann handelte es sich um Werner Riemann, ein ehemaliger Polizeibeamter. Er hatte seinen Sohn Harry mitgebracht. Harry war 22 Jahre alt, relativ klein und etwas dicklich. Er war aber ein Freak, wenn es um Elektronik ging. Er hatte das studiert, konnte sogar programmieren. Beide, Vater und Sohn waren spezielle Handlanger der Torres und zwar schon bevor Rudi Diedrichsen die Italiener vertrieben hatte. Und Harry weigerte sich auch später, für Rudi Diedrichsen zu arbeiten. Deshalb hatten die Torres jetzt Vertrauen zu ihm. Harry war absoluter Spezialist, ein genialer Hacker und konnte in fremde Computer unbemerkt eindringen.

Franco Torres begrüßte die beiden und bot ihnen Platz an. Nachdem Lara weitere Getränke nach Wunsch brachte, begann er mit seinem Auftrag.

„Hier sind Fotos von diesem Detektiv. Und hier die Adresse, auch die von seiner Freundin. Alff ist untergetaucht. Er wurde angeschossen und ist offenbar schwer verletzt. Wir müssen ihn finden. Und du, Harry, könntest versuchen, in deren Computer einzudringen. Vielleicht bekommen wir da den Aufenthaltsort heraus."

Harry studierte die Fotos und Unterlagen schweigend, reichte sie seinem Vater herüber und lehnte sich im Sessel entspannt zurück.

„Wenn die Partnerin auf Facebook eine Seite hat, komme ich auch auf ihren PC."

Harry nahm noch einmal die Unterlagen und sah, dass Karin Sommer ein Sportstudio betrieb. Das war natürlich für ihn auch eine Chance, dort den PC zu knacken.

„Damit wir uns richtig verstehen", ergänzte Franco Torres, „ich will keine Aktionen, deren Spuren zu uns führen. Ihr kennt unsere Regeln. Wir kennen uns nicht und was ihr macht, nehmt ihr auf eure Kappe."

Werner Riemann hatte noch eine weitere Idee:

„Wir werden die Partnerin, diese Karin Sommer, zuerst überwachen. Vielleicht gelingt es uns ja dadurch schon, das Versteck von Alff zu finden. Ich könnte mir diese Frau auch mal richtig vorknöpfen bis sie alles ausspuckt!" –

„Ja, versucht sie zuerst zu beobachten und die Computer zu sichten. Eine Gewaltaktion muss erst ganz am Ende eine Option sein. Ich will auf jeden Fall über alles informiert werden."

Und dann wendete sich Franco Torres noch einmal Werner Riemann zu.

„Wir haben noch keinen Türsteher im Club. Traust du dir das zu? Du hattest dich ja schon am Telefon dafür angeboten." –

„Ja, das würde ich gern übernehmen!"

Franco Torres beendete damit das Gespräch. Er verabschiedete sich von den beiden Besuchern. Lara kam aber an diesen Abend nicht dazu, das Aufnahmegerät wieder an sich zu nehmen, weil Franco Torres länger als sie im Club blieb.

*

Einen Tag später:

Joseph Kramer war seit zwei Tagen wieder zu Hause. Er war müde und die

Schmerzen am linken Unterarm plagten ihn. Die Schmerztabletten halfen nur wenig. Aber er war auch richtig erschöpft. Beim Frühstück reichte seine Frau ihm die Bildzeitung herüber. Er legte sie aber noch neben sich auf einen kleinen Beistelltisch, auf dem eine alte Tischlampe auf einer weißen Häkeldecke stand. Er hatte lange geschlafen und sie frühstückten daher ausnahmsweise erst um 11 Uhr. Seine Frau stellte nie Fragen zu dem Auftrag. Aber sie sah, dass Joseph Kramer erschöpft war und Schmerzen hatte. Sie machte sich große Sorgen und mahnte ihn, den Hausarzt demnächst aufzusuchen. Er beschloss, an diesem Tag wie schon gestern den üblichen Spaziergang am See auszulassen. Es ging ihm einfach zu schlecht. Kramer wartete auf den Anruf seines Mittelsmannes. Der würde ein ganz kurzes Zeichen, ein einmaliges Klingeln des Extra-Handys auslösen, damit Kramer wusste, dass ein Treffen zur Übergabe anstand. Dann war endlich Schluss und der Ruhestand konnte fortgesetzt werden. Kramer beschloss auch für sich, keinen weiteren Auftrag anzunehmen.

Nach dem Frühstück ging Joseph Kramer in die Musikecke des Wohnzimmers, wo eine alte Musiktruhe stand. Es war ein altes Röhrengerät mit Plattenwechsler aus den 60er-Jahren. Er legte eine Langspielplatte mit einem Mix der schönsten Volkslieder auf. Der Gesang wurde von einem Akkordeon begleitet. Die Musik war zur Entspannung für ihn besonders geeignet. Er setzte sich in den Sessel, der direkt neben seiner Musikanlage stand, lauschte mit geschlossenen Augen die Musik und summte hier und da auch mal mit. Als die Langspielplatte endete, fiel Kramer die Bildzeitung ein. Er erhob sich. Das rechte Knie knirschte schmerzhaft und hinkend holte er die Zeitung aus der Küche. Es war schon kurz vor 1 Uhr. Kramer machte regelmäßig ein kleines Nickerchen zu Mittag. Zuvor wollte er aber noch die Zeitung durchblättern.

Die Überschriften wie immer reißerisch, oft übertrieben, dann die halbnackte Frau auf Seite 2. Solche Bilder fand er schamlos. Und schließlich kurze Meldungen aus der Region. Und dann sah er die Meldung in Fettschrift:

Anschlag auf den Privatdetektiv Alff! Er überlebte nur knapp. Die Polizei geht von einer Serie aus und von einem Auftragskiller.

Joseph Kramer las die Meldung mehrmals. Ja, er war in keiner guten Verfassung auf dem Dach. Das ging ihm nun durch den Kopf. Das war bisher noch nie passiert, dass er nicht richtig traf. Das hieß auch: Der Auftrag war nicht erledigt. Kramer wusste, dass es bald einen Anruf geben würde.

*

Karin hatte gerade die Gruppe Frauen verabschiedet, die regelmäßig im Fitness-Club den speziellen Rückenkurs mitmachten. Sie ging noch unter die Dusche und wollte dann Feierabend machen. Als sie in der Umkleide saß, kam ihr Patenkind Tina, die fast täglich in der Kickbox-Gruppe trainierte. Sie hatte sich schon umgezogen und trug nun eine Jeans und ein schwarzes Tshirt.

„Hast du schon was von Tobias gehört?" fragte sie Karin.

„Ja, wir haben heute Mittag telefoniert. Ihm geht es dort gut. Ich will morgen zu ihm fahren. Übrigens kann ich vorher noch von Lara das Aufnahmegerät abholen. Treffpunkt wie immer im Alsterhaus. Ich nehme dann meinen Laptop mit und kann zusammen mit Tobias die Aufnahmen abhören." –

„Ich kann mitkommen. Wir schreiben die wichtige Klausur erst nächste Woche. Der Termin hat sich zum Glück verschoben. Und ich habe eine gute Nachricht. Ich habe nämlich ermittelt! Die Serviette, die du gefunden hast, wird zum Beispiel im *Hotel Wolter* in der Nähe beim Flughafen benutzt. Das Hotel liegt aber etwas unauffällig in einer kleinen Nebenstraße der Langenhorner Chaussee. Ich hatte auf einmal die Idee, bei einem Großhändler für Hotels und Gaststätten anzurufen und die konnten mir drei Hotels nennen, die solche Servietten kaufen." –

„Das ist ja super!" kam es von Karin zurück. „Lass' uns gleich dort hinfahren. Evtl. wohnt er da noch, oder aber wir erfahren mehr über ihn. Wenn er da noch eingebucht ist, rufen wir sofort Neumann an."

Karin zog sich weiter an. Sie hatte im Spind nur noch ein kurzes dunkelblaues Tshirt-Kleid hängen und zog es an. Alle anderen Sachen waren gerade in der Wäsche. Es war schon 18 Uhr geworden und sie verabschiedete sich von den Frauen, die noch dort waren und wollte zu ihrem roten Golf, der in einer kleinen Seitenstraße parkte.

Nach 20 Minuten Fahrt erreichten sie das kleine Hotel in Langenhorn. Ein älterer Bau, der dringend Farbe nötig hätte mit Leuchtschrift: *Wolter's Hotel Garni.* Karin und Tina gingen hinein. Die Rezeption bestand aus einem einfachen Holztresen, der teilweise an den Ecken abgestoßen war. Aus einer hinteren Tür erschien eine ältere Dame, die auffallend geschminkt war und erkennbar schwarz gefärbte Haare hatte.

„Wir suchen den älteren Herrn mit der Verletzung am Arm. Wir waren an dem kleinen Unfall beteiligt und müssen noch einige Dinge mit ihm besprechen. Ist er noch bei Ihnen eingebucht?"

Karin hatte sich diese Frage genau überlegt, denn die Hotels gaben ja nicht ohne weiteres Daten heraus.

„Oh, da kommen Sie zu spät. Herr Kramer hat heute früh ausgecheckt. Der alte Herr hat sich wahrscheinlich den Arm gebrochen. Ich wollte einen Arzt holen, aber er wollte das dann zuhause machen." –

„Wo wohnt er denn? Wir haben nämlich keine nähere Adresse erhalten, nur Ihre Hoteladresse. Wir hatten zugesagt, am nächsten Tag zu kommen, aber leider ist uns etwas dazwischengekommen."

Die Dame an der Rezeption zögerte und atmete schwer aus.

„Eigentlich dürfen wir keine Daten unserer Gäste herausgeben. Das wissen Sie! Aber schauen Sie selbst. Ich lege mein Buch hier offen hin und gehe kurz nach hinten." –

„Ja, danke. Wir sind dann sofort weg." –

Karin drehte das Buch zu sich um. Dort sah sie den Eintrag: Joseph Kramer, Engelsgasse 4, Wuppertal. Sie fotografierte den Eintrag schnell mit dem

Smartphone und verließ zusammen mit Tina das Hotel. Jetzt waren sie einen Schritt weiter und benachrichtigten sofort Kommissar Neumann.

*

Die ersten zwei Tage bei Tante Irmchen und Wanda waren für Tobias Alff schon etwas anstrengend. Beide sangen bei jeder Gelegenheit ihre alten Lieder. Wanda kümmerte sich sehr fürsorglich um ihn, stützte ihn beim Aufstehen, bediente ihn am Tisch und war immer da. Tobias Alff musste sich schon mehrmals zurückziehen und setzte sich vor das Fernsehgerät, um etwas für sich sein zu können.

„Ich freue mich so sehr, dass du und dein Vater jetzt bei uns sind und wir dann zusammen meinen 70. Geburtstag feiern können."

Tante Irmchen reichte dabei zum Abendessen die Butter zurück und Wanda, die neben Tobias saß, belegte nun nach seinen Wünschen eine Brotscheibe, schnitt sie in kleine Stücke und reichte das Holzbrett dann ihrem Pflegefall hin.

Tobias Vater saß neben Tante Irmchen und wurde von ihr versorgt. Er hatte ein großes Lätzchen umgebunden. Plötzlich musste ihm erneut erklärt werden, wer der Mann gegenüber am Tisch sei. Die Demenz war schon deutlich zu erkennen, wenn sie auch immer nur sporadisch bemerkbar machte. Wenn aber beide Frauen ein Lied beim Essen sangen, wurde das Gesicht von Tobias Vater entspannter. Tobias Alff dachte mit etwas Sorge an den angekündigten Geburtstag von Tante Irmchen. Nur selten war er dabei, schrieb aber immer brav einen netten Kartengruß und meldete sich pflichtgemäß auch telefonisch. Nur zweimal war er vor Ort dabei und erinnerte sich nun nur an die nervigen Gäste und die Gespräche, bei denen eigentlich niemand wirklich zuhörte.

Mit dem letzten Lied am Tisch, nämlich mit „Guter Mond, du gehst so stille" wurde die Tafel endlich aufgehoben und Tobias kündigte an, dass er gern jetzt die Sportschau sehen möchte. Er brauchte ein wenig Ruhe vor der Fürsorge der beiden Frauen.

*

Am nächsten Tag

Karin traf wie verabredet Lara im Alsterhaus und bekam von ihr das kleine Aufnahmegerät zurück. Lara berichtete aber kurz:

„Stell die vor. Der Waffenhändler Werner Riemann, der in Altona einen Laden hat und schon immer für die Familie Torres gewisse Geschäfte organisierte, war da und mit ihm sein Sohn. Die haben lange im Hinterzimmer geredet. Ich weiß nicht, was die planen. Auf dem Aufnahmegerät wird hoffentlich alles zu hören sein. Grüß Tobias von mir!" –

„Ja, danke für die Infos und deine Hilfe. Tobias ist untergetaucht und in Sicherheit. Ich fahre gleich zu ihm."

Karin verabschiedete sich und fuhr in ihre Wohnung, wo Tina schon auf sie wartete.

Zwei kleine Reisetaschen wurden gepackt und in Karins roten Golf gelegt. Für die Fahrt trugen beide kurze gelbe Baumwollshorts, die zur Sportkleidung von Karins Club gehörten und sehr luftige weiße Oberteile mit dünnen Trägern. Es war wieder sehr heiß geworden. Dann fuhr Karin los. Wie immer war der Verkehr in Hamburg so, dass sie an jeder Ampel warten mussten, manchmal zwei Ampelphasen lang und so dauerte es fast eine Stunde, bis sie die A7 erreichten. Jetzt gab Karin Gas.

„Hatte Tobias schon Trainingseinheiten bei Sabine?" fragte Tina während Karin gerade auf der linken Spur einige langsame Pkw überholte.

„Oh, ja!" Karin begann zu lachen. „Der arme Mann. Sie hat ihn so hart rangenommen, dass er völlig erschöpft im Büro ankam." –

„Die trainiert auch selbst hart!" Tina hatte dafür eine gewisse Bewunderung und sie selbst trainierte auch sehr hart und hatte inzwischen mit ihren 15 Jahren viel Kraft.

„Tobias muss unbedingt was für seine Figur und seine Gesundheit machen. Wenn er wieder fit ist, bestehe ich darauf, dass er das Training bei Sabine fortsetzt. Und natürlich müssen wir auch unsere Essensgewohnheiten überdenken. Das wird noch schwer werden."

Karin war da sehr entschlossen. Sie machte sich schon seit langer Zeit Sorgen. Ihr Partner war einfach zu bequem und hatte schon erste Probleme mit der Luft. Aber jetzt war es wichtig, dass er sich in Sicherheit erholen konnte.

Sie fuhren nach fast einer weiteren Stunde die Raststätte Lüneburger Heide an. Beide wollten die Toiletten aufsuchen und sich etwas zu naschen aus der Tankstelle holen. Als Karin zuerst aus dem Toilettentrakt zurückkam, fiel ihr ein silberner VW Passat auf, der auf der anderen Seite der Parkplätze stand. Dort waren keine Parkbuchten. Der Wagen stand dort schon, als sie ausstiegen. Im Wagen saßen zwei Männer. Die beiden schienen auf jemanden zu warten. Tina kam kurz darauf auch zurück und beide machten sich auf den Weg in die Tankstelle, um einige Bonbons zu kaufen.

„Ist dir der Passat da drüben auch schon aufgefallen?" fragte Karin.

Tina sah sich unauffällig um und zuckte nur mit den Schultern. Also besorgten sich beide einige Naschereien und stiegen wieder in den roten Golf. Als

Karin startete, sah sie in den Rückspiegel und bemerkte, dass jetzt auch der Passat losfuhr. Sie fuhr jetzt nicht so schnell, blieb zwischen 100 und 120 km/h, um zu sehen, ob der Passat hinter ihnen blieb. Tatsächlich war es so. Der Passat blieb auf Abstand, aber machte keine Anstalten sie zu überholen. Karin gab jetzt mehr Gas und beschleunigte den Wagen auf 150 km/h. Und auch da blieb der Passat hinter ihnen sichtbar.

„So!" rief Karin aus. „Wir werden verfolgt. Der silberne Passat ist immer hinter uns geblieben. Wir müssen ihn loswerden."

Tina sah sich jetzt um und stellte ihre Sonnenblende mit dem kleinen Spiegel so ein, dass sie nach hinten alles sehen konnte. Und auch sie sah deutlich, dass der Passat immer auf Abstand, aber klar hinter ihnen blieb.

„Ich habe eine Idee." Karin öffnete mit der rechten Hand das Handschuhfach. „Schau bitte nach, ob die Dose Pfefferspray noch da ist."

Tina griff in das Handschuhfach und holte die Dose Pfefferspray hervor. Karin nickte zuversichtlich.

„Wir fahren demnächst auf einen der kleinen Parkplätze. Wenn der Passat dort auch hält, überfallen wir die beiden und setzen die mit dem Pfefferspray für eine Zeitlang außer Gefecht!" –

„Gute Idee. Wir tun dann so, als ob wir beide die Toiletten aufsuchen und schleichen uns dann an den Passat ran. Jeder von der anderen Seite." Tina spielte den Plan noch einige Male laut durch.

Karin nickte zustimmend und dann kam schon eine Parkplatzankündigung. Als sie dort langsam einbogen sahen sie, dass der Passat mit etwas Abstand hinter ihnen auf dem langen Parkstreifen anhielt. Die beiden Frauen stiegen nun aus, reckten sich auffallend und gingen zusammen zum Toilettenhaus. Sie gingen aber hinter dem Haus herum und machten einen großen Bogen hinter anderen parkenden Fahrzeugen und konnten so fast von hinten zum Passat gelangen. Die beiden Personen im Passat sahen konzentriert zum Toilettenhäuschen.

Dann war es soweit. Tina rannte blitzschnell seitlich und mehr von hinten zum Passat und zwar so, dass der große Fahrer sie nicht im Rückspiegel sehen konnte. Sie riss die Fahrertür auf. Der Fahrer war eine auffallend große Person. Neben ihm saß ein junger Mann mit Sonnenbrille, etwas dicklich und war total erschrocken.

„He! Was soll das?" rief der Fahrer. Das Gesicht verfinsterte sich deutlich. Tina sah, dass der Beifahrer höchstens Anfang 20 war und irgendwie noch sehr jugendlich aussah.

Der große Mann auf dem Fahrersitz stieg aus und stellte sich ganz nah vor Tina. Er war deutlich größer und Tina war etwas irritiert und einen Moment verunsichert. Da packte der riesige Mann zu und umklammerte Tina, rang sie mühelos herum und hatte im Nu ihren rechten Arm auf den Rücken gedreht. Tina schrie kurz auf. Sie hatte mit dieser Aktion nicht gerechnet.

„Na, was wolltest du?" kam es jetzt spröde und triumphierend von Werner Riemann. Er drückte dabei Tinas Arm nochmal schmerzhaft höher. Er war verärgert, weil so oder so die Verfolgung jetzt gescheitert war.

Tina sah, dass Karin jetzt auch da war. Karin kam blitzschnell auf Riemann zu und gab ihm aus allernächster Nähe eine Ladung von dem Pfefferspray direkt ins Gesicht. Der große kräftige Mann ließ augenblicklich Tina los und drehte sich weg, ließ sich auf den Fahrersitz fallen und hielt beide Hände vors Gesicht. Inzwischen war sein Sohn Harry aus dem Wagen und kam wütend herum. Er versuchte, Tina zu packen und holte bereits mit dem anderen Arm zum Schlag aus. Aber Tina hatte den Angriff rechtzeitig bemerkt und wehrte ihn gekonnt ab. Dann schlug sie mit der Faust zu und als Harry zurückwich, kam ihr Fußtritt dazu. Da schrie der junge Mann los, knickte ein und hockte hinter dem Passat am Boden. Karin kam heran und konnte ihm auch ungehindert eine Ladung Pfefferspray ins Gesicht geben. Harry jammerte fast kindlich los und Tina sah, dass er wohl nicht nur wegen des Pfeffersprays heulte, sondern ihr Tritt ihn wohl schon außer Gefecht gesetzt hatte.

Die ganze Aktion dauerte kaum zwei Minuten. Es ging alles blitzschnell. Karin griff noch schnell im Wagen nach der dort liegenden Brieftasche und Handy. Karin nahm seinen Ausweis heraus und warf die Brieftasche wieder in den Wagen zurück. Harry Riemann stand auf dem Ausweis. Aber das Handy nahm sie mit.

Die beiden Frauen eilten zu ihrem Auto und fuhren dann weiter und wussten, dass die Verfolger noch lange mit sich zu tun haben würden.

„Harry Riemann. Den Namen nannte Lara ja schon. Beide sind garantiert von den Torres beauftragt worden. Hoffentlich kann uns Lara da Hinweise geben und vielleicht verraten uns die Aufnahmen von den Gesprächen im Hinterzimmer mehr."

Karin war gut gelaunt und stellte das Autoradio etwas lauter. Beide waren etwas stolz auf sich, dass sie trotz der unvorhergesehenen Abwehr des großen Mannes doch ihre Aktion erfolgreich durchsetzen konnten.

Nach über eine Stunde fuhren die beiden Frauen eine Abfahrt früher ab und nahmen die Landstraße. Es dauerte dann noch eine Stunde bis sie endlich das Haus von Tante Irmchen erreichten.

Sie wurden wie es dort üblich war mit einem Liedchen begrüßt.

„Es flog ein klein's Waldvögelein" erklang mit der zweiten Stimme von Wanda klar und deutlich und brach dann mit den Umarmungen ab.

Tobias und Karin umarmten sich im Haus dann inniglich und sein Vater war wieder unsicher, wer nun diese beiden jungen Frauen waren. Wanda übernahm dann geduldig die Erklärung bis er zu nicken begann.

Karin und Tina zogen sich nach dem Essen mit Tobias in ein anderes Zimmer zurück. Sie hörten dann gemeinsam über Karins Laptop das kleine Aufnahmegerät ab. Jetzt war alles klar.

„Die versuchen, dich zu finden!" Karin sagte das doch etwas besorgt zu Tobias.

„Aber die beiden habt ihr ja gut abgehängt." Tobias lachte über die Aktion, die beide mit erkennbarem Triumph erzählten.

„Und dieser Harry wird unseren PC zu hacken versuchen."

Karin wurde etwas nachdenklich.

„Wir nehmen die nächsten Tage die PC vom Sportclub und auch deinen Laptop vom Netz. Ich meine, wir kappen damit die Internetverbindung."

Das war dann Tinas Idee und Karin nickte zustimmend.

„Und bitte pass auf!" kam es jetzt noch von Tobias an seine Partnerin gerichtet. „Nach den Aufnahmen besteht ja die Gefahr, dass dich dieser Riemann irgendwo auflauern könnte. Am besten ist immer, jeden Tag zu anderen Zeiten aus dem Haus zu gehen oder Pause zu machen usw."

Beide blieben zwei Tage und genossen mit ein paar Spaziergängen die schöne Landschaft und das gute Wetter.

*

Zwei weitere Tage später:

Joseph Kramer erschrak, als das geheime Handy zweimal in seiner Hosentasche zu vibrieren anfing. Das war das Zeichen für ein Treffen nach dem Frühstück. Kramer ließ sich aber Zeit, frühstückte dann mit seiner Frau in aller Ruhe, las noch die Bild-Zeitung und erst dann machte sich bereit für den üblichen Spaziergang am Segeberger See entlang. Das Wetter war gut, die Sonne schien von Osten noch direkt auf die Promenade am See. Joseph Kramer nahm einen Handstock mit, diesmal nicht nur so zur Bequemlichkeit, sondern zur Stütze und Entlastung seines rechten Knies. Die Arthrose führte bei jeder Belastung zu stechenden Schmerzen. Sein rechter Unterarm war inzwischen fast schmerzfrei, aber an einer Stelle noch deutlich angeschwollen.

Auf der Seepromenade waren schon einige Spaziergänger unterwegs. Kramer ging langsam bis zum Ende der Promenade und dort weiter den Weg direkt am See entlang. Dann sah er schon Victor auf einer Bank sitzen. Wie immer begrüßten sie sich nur mit Kopfnicken und Kramer setzte sich neben ihn.

„Der Detektiv lebt noch", stellte Victor ganz leise und monoton fest, „und ist untergetaucht."

Joseph Kramer kommentierte das nicht, sondern blieb ungerührt sitzen, blickte über den See, dann zu den Enten, die gerade näherkamen. Victor sah sich unauffällig um, ob andere Menschen in der Nähe waren. Einen Radfahrer ließ er noch vorbeifahren. Dann waren sie dort auf der letzten Bank allein.

„Er ist in der Nähe von Einbeck bei Verwandten. Hier", er griff nach einem Zettel in seiner Jackentasche und musste zweimal nachfassen, „ist die Adresse."

Kramer nahm den Zettel und steckte ihn bei sich ein. Victor stand auf, blickte etwas träumerisch über den See, nickte dann Kramer zu und ging den Weg am See weiter in Richtung Klein Rönnau. Kramer blieb noch eine Weile sitzen, beobachtete die Enten und genoss die Sonne ein wenig. Dann machte er sich auf den Rückweg. Zuhause begann er die Waffen aus dem Keller zu holen. Die Treppen waren inzwischen ein Problem geworden. Er quälte sich mit den Schmerzen zu seinem Lada und verstaute auch den kleinen Koffer, den seine Frau schon ohne nachzufragen für ihn gepackt hatte. Nach dem Mittagessen fuhr er so gegen 13 Uhr los.

Die Fahrt dauerte etwa drei Stunden. Er fand das Anwesen am Rande von Einbeck und fuhr dann die Gegend ab, um ein kleines Hotel oder eine Pension zu suchen. Sie sollte in der Nähe sein, möglichst fußläufig vom Zielort entfernt. Er fand einen Gasthof in der Nähe, direkt an der Landesstraße, außerhalb von Einbeck und nicht weit vom Zielort entfernt. „Zur Hirschjagd" stand auf einer großen beleuchteten Holztafel über den Eingang. Auf dem Parkplatz vor dem Gasthof standen noch zwei Pkw.

Als er die Gaststätte betrat, war es fast 17 Uhr. Am Tresen saß ein jüngerer Mann in grüner Arbeitskleidung. Vor sich hatte er ein großes Glas Bier stehen. An einem Tisch am Fenster saßen zwei ältere Männer - offenbar die üblichen Stammgäste -, tranken ebenfalls Bier und sprachen laut und angeregt über Jagdthemen miteinander.

Hinter dem Tresen stand eine junge Frau mit längeren rotbraunen Haaren, die sie nach hinten zusammengebunden hatte. Sie trug eine Art Dirndl mit gewagtem

Ausschnitt, eine weiße Schürze dazu und spülte gerade einige Gläser. Joseph Kramer hatte nur seinen kleinen Koffer dabei und trat an den Tresen.

„Ich brauche für drei oder vier Nächte ein Zimmer." –

„Kein Problem", kam es von der jungen Frau zurück, „und ich kann Ihnen ein Zimmer nach hinten – also ohne Straßenlärm – anbieten. Pro Nacht 45 Euro. Frühstück extra, kostet 10 Euro."

Kramer nickte zustimmend und die junge Frau legte ein Formular zur Aufnahme der Personalien auf den Tresen. Den Zimmerschlüssel Nr. 02 legte sie ebenfalls vor Kramer auf den Tresen. Er gab immer seine richtigen Personalien an, aber dazu eine falsche Adresse. Niemand wusste von seinem Leben als Scharfschütze in der russischen Armee und später in Rumänien. Von ihm war wenig bekannt, einfach ein alter Mann, ein Aussiedler aus Russland, der mit seiner Frau den Ruhestand genoss. Dann nahm er den Schlüssel und quälte sich die Treppe in den 1. Stock hoch. Das Zimmer war mit dunklen Eichenmöbeln eingerichtet, zweckmäßig, aber einfach.

Das kleine Bad hatte eine Dusche. Durch das Fenster sah man auf einen ansteigenden Hügel, der hinten dicht bewaldet war. Um 19 Uhr betrat er wieder den Gastraum. Jetzt waren an einem Tisch vier junge Männer, die lautstark miteinander redeten und wohl schon mehr als ein Bier getrunken hatten. Die beiden älteren Männer am Fenster waren auch noch dort und am Tresen saßen drei Männer, die offenbar auch Stammgäste waren. In Eingangsnähe saß noch ein älteres Ehepaar, die leise miteinander redeten. Hinter dem Tresen stand jetzt eine ältere Frau, die auch ein Dirndl trug, ähnlich wie die junge Frau bei der Anmeldung. Sie hatte zu tun, die Getränkewünsche zu erfüllen. Die junge Frau kam mit zwei Teller dampfender Schnitzel und brachte sie zu dem Ehepaar in Eingangsnähe. Vom Tisch der vier jungen Männer kamen laute Getränkewünsche. Sie scherzten mit der jungen Frau, die ihre leeren Gläser vom Tisch räumte und lachend um Geduld bat.

„Ich nehme Spiegelei mit Bratkartoffeln und ein kleines Pils." Das war die knappe

Bestellung, die Kramer der jungen Frau mitgab.

„Sind Sie zum Wandern hier?" fragte sie ihn.

„Ja, aber mehr zur Vogelbeobachtung. Und ich liebe die Landschaft hier." –

„Wir haben oft Gäste, die gern wandern." Dabei drehte sich die junge Frau weg und gab die Bestellung am Tresen und in die Küche weiter.

Nach dem Essen nahm Joseph Kramer seinen Handstock und erkundete ein wenig die Gegend. Dabei erreichte er natürlich auch das Anwesen von Tante Irmchen. Er stand am Waldrand und konnte mit dem Fernglas das Haus von hinten sehen. Der Garten war überwiegend Nutzgarten. Und das Grundstück rechts daneben war unbebaut und verwildert. Das war für seine Planung günstig. Er würde sich über das Nebengrundstück unauffällig dem Haus nähern können. Noch war ihm nicht klar, ob er mit dem Scharfschützen-Gewehr aus der Ferne schießen könnte oder das Haus betreten müsste. Im zweiten Fall würde es nicht reichen, den

Detektiv zu erschießen. Es durfte keine Zeugen geben. Die zweite Alternative war also riskanter und würde sicher mehr Tote zur Folge haben. Kramer setzte sich auf einen Baumstumpf etwa 20 Meter weiter nach links und konnte von dort sehr gut mit dem Fernglas das Anwesen beobachten. Er sah nur eine ältere Frau, die einmal nach draußen in den Garten ging. Sie schnitt dort etwas ab, Kräuter vielleicht. Er musste näher heran, um die Lage genau feststellen zu können.

*

Im Hause von Tante Irmchen gab es einen Hintereingang vom Garten, der in die Waschküche führte und von dort in die Wohnküche. Von der Wohnküche führte ein Gang zum Eingang auf der Straßenseite. Eine andere Tür in der Wohnküche führte in das Wohnzimmer und von dort ging es - ohne dass ein Flur die Räume verband - in einen Zwischenraum, der als Nähstube eingerichtet war. Tante Irmchen und Wanda nähten gern und am liebsten Faltenröcke, vorzugsweise in dunklen Brauntönen, aber auch andere Kleidungsstücke. Dabei sangen sie laufend die schönen alten Volkslieder, zweistimmig natürlich.

Von dieser kleinen Nähstube konnte man auf einer Seite das Gästezimmer erreichen, dass nun für Tobias Alff hergerichtet war, auf der anderen Seite führte eine Tür in das Schlafzimmer der beiden Frauen und in ein größeres Bad.

Vom Eingangsflur führte eine Treppe nach oben, wo in einer Art Gästezimmer vorübergehend der Vater von Tobias Alff wohnte. Er war noch in der Lage, die Treppen gefahrlos zu bewältigen, sollte aber später in das andere Gästezimmer im Erdgeschoss ziehen.

Wanda war ausgebildete Altenpflegerin, konnte aber ihren Beruf wegen Rückenprobleme nicht mehr ausüben. Sie bot sich aber in einem der Pflegeheime in der Nähe als Nachtwache an, um etwas Geld zu verdienen. Wanda war in jungen Jahren nur kurze Zeit verheiratet. Ihr Ehemann verstarb bei einem Autounfall. Seitdem fand sie keinen Partner mehr. Sie kümmerte sich nun natürlich pflegerisch um Tobias. Und in ihr erwachte eine seltsame lange nicht mehr gekannte Zuneigung zu ihm. Ihre

Gedanken kreisten immer häufiger um diesen Mann. Der war allerdings vergeben, aber …

Wanda sah sich nun im Spiegel kritisch an und konnte die bittere Erkenntnis mangelnder Attraktivität nicht ganz vermeiden. Sie beschloss, zuerst einmal zum Friseur zu gehen. Dort ließ sie sich eine schöne Dauerwelle machen, herrlich kleine Locken, die sich kunstvoll auf ihren Kopf steil nach oben erhoben. Ihre Figur war in den Jahren schon etwas ausladender geworden und als sie sich im Spiegel nackt betrachtete, war sie froh, dass ihr Mieder, ein Stützkorsett in Übergröße, alles in Form hielt. Und sie begann, Lippenstift zu benutzen. Das fiel natürlich Tante Irmchen auf. Aber sie lächelte nur milde.

Wanda hoffte im Stillen, dass dieser attraktive Mann einen Blick für sie bekam. Wenn auch die äußeren Reize schwach waren, so waren es doch letztlich die inneren Werte, die zählen würden. Davon war Wanda überzeugt. Und diesen attraktiven Mann würde sie, Wanda, notfalls bis zum Lebensende pflegen und versorgen. Was wollte er überhaupt mit so einem jungen Püppchen? Die hatte ihn hier abgeliefert und war sofort wieder verschwunden, angeblich wegen anstehender Arbeit. Wanda war mit solchen Gedanken beschäftigt, aber neuerdings auch mit Tagträumen sexueller Art.

Als nach wenigen Tagen auch ein Bad fällig war, begleitete sie Tobias stützend in das Badezimmer. Sie hatte schon warmes Wasser in die Wanne einlaufen lassen. Dann zog sich Tobias ungeniert aus. Für ihn gab es da kein Schamgefühl. Er stieg dann nackt mit der Hilfe von Wanda in die Wanne. Wanda begann sich heimlich zu verlieben. Beim Aussteigen aus der Wanne musste sie ihn wieder stützen, da er mit seinem rechten Arm keine Abstützung vornehmen durfte. Am liebsten hätte sie dabei nach seinem Penis gegriffen und stellte sich vor, wie der in ihrer Hand immer dicker und fester werden würde.

Tobias fiel allerdings nichts bei Wanda auf. Sie war nicht im Entferntesten sein Typ. Sie war eher so ein mütterlicher Typ und weder die neue Frisur, noch die kurzen Einblicke zu ihrer fleischfarbenen Unterwäsche konnten ihn erregen. Tobias genoss ihre Fürsorge, blieb immer freundlich und dankbar.

Während des Tages bei den üblichen Haushaltstätigkeiten sangen die beiden Frauen auch gern ihre Volkslieder und zwar zweistimmig. So schön ihr Gesang auch war, diese ständigen Gesänge nervten Tobias doch allmählich. Aber er ließ sich nichts anmerken.

*

Joseph Kramer unternahm schon früh am Tag, unmittelbar nach dem Frühstück einen ausgedehnten Spaziergang. Ein Wanderweg führte am Waldrand hinter der kleinen Siedlung entlang, wo auch das Haus von Tante Irmchen lag. Kramer fand dort ganz in der Nähe auch eine Bank zum Ausruhen. Von dort konnte er auch mit dem Fernglas das Haus von Tante Irmchen von hinten beobachten. Er sah aber während der kleinen Wanderung nur einmal eine ältere Frau in den Garten gehen. Den Detektiv sah er nie. Kramer machte sich schon Gedanken für seinen Plan. Dieser Alff wird sich vermutlich gesundheitlich angeschlagen nur im Haus aufhalten. Damit war ein Anschlag mit dem Gewehr nicht möglich. Er musste irgendwie das Haus betreten und zwar durch den Hintereingang, den er deutlich sehen konnte.

Kramer kam dann zur Mittagszeit wieder in den Gasthof. Im Restaurant saß nur das ältere Ehepaar, das sich dort auch eingemietet hatte. Beide trugen sichere Wanderschuhe und hatten einen Rucksack neben sich am Tisch stehen. Kramer setzte sich wie immer abseits, mit dem Rücken an eine Wand und mit guter Sicht auf den gesamten Raum.

„Bei dem schönen Wetter war sicher ein Genuss, hier durch die Natur zu streifen!"

Die ältere Wirtin stand vor ihm am Tisch und wartete ab, ob Kramer auf ihre Frage mit einigen Erlebnissen eingehen würde. Aber Kramer nickte nur und betrachtete die Wirtin. Sie trug wie immer ein Dirndl mit weißer Schürze. Als er weiter schwieg, gab sie das Tagesgericht bekannt. Erbsensuppe mit Wursteinlage.

„Oh, das würde mir sehr gefallen", gab nun Kramer von sich, „das gab es in meiner Kindheit häufig." –

„Wo kommen Sie denn her?" –

„Ursprünglich aus den Ostgebieten, jetzt Polen", log er, weil er keine persönlichen Daten preisgeben wollte.

„Ja, dann bringe ich Ihnen einen vollen Teller!"

Die Wirtin ging nun zu dem Ehepaar und erreichte dort ein längeres Gespräch, zumeist ging es um Belanglosigkeiten.

Nach dem Essen ruhte Kramer noch einmal für 3 Stunden im Zimmer aus. Dann war es soweit. Er zog eine halblange grüne Jacke über, steckte die Makarow mit Schalldämpfer in die Außentasche der Jacke, die dafür wegen ihrer Größe gut geeignet war. In wenigen Minuten würde der große Schatten des Waldes über der Siedlung liegen und schon etwas Dämmerung herbeiführen. So könnte er sich unbemerkt über das Nachbargrundstück dem Haus von Tante Irmchen nähern.

Die Beschwerden am linken Arm waren etwas erträglicher geworden und für den Weg über das Nachbargrundstück konnte er sich alle Zeit der Welt geben. Nach wenigen Minuten über den Wanderweg, der direkt hinter dem Gasthof begann, erreichte er die Stelle, die er schon ausgesucht hatte, die Stelle, die bequem auf das Nachbargrundstück führte.

Der Weg durch das hohe Gras, die wild wuchernden Gehölze und den sehr unebenen Boden wurde beschwerlich. Kramer musste nicht nur vorsichtig Schritt für Schritt vorankommen, sondern das Grundstück stieg leicht an. Und da passierte es schon. Er blieb mit einem Fuß hinter einer niedrigen Schlingpflanze hängen und fiel nach vorn. Dabei musste er sich mit den Armen abstützen und unterdrückte mit Mühe einen Aufschrei. Dann ging es weiter. Und wieder stürzte er. Diesmal trat er in ein Loch. Er konnte sich gerade noch beim Fallen zur Seite drehen, um sich nicht noch einmal mit den lädierten Armen abstützen zu müssen. Der Aufstieg auf dem Grundstück war dann doch deutlich anstrengender als Kramer zuerst vermutete. Und so kam die Luftnot dazu. Der Atem wurde kürzer und hektischer. Er musste sich einige Minuten hinsetzen und ausruhen. Als er wieder aufstand, bemerkte er auch die Arthrose in den Knien. Wegen der Unebenheit des Grundes wurden die Gelenke doch sehr belastet. Kramer kämpfte sich weiter hoch und kam endlich oben an. Links war der alte Drahtzaun zum Grundstück von Tante Irmchen. Der war mit stacheligen Trieben eines wuchernden Gehölzes durchsetzt. Vorsichtig bog er viele Triebe zur Seite und trat dann den alten Zaun tiefer. Der Drahtzaun gab leicht nach. Er war ohnehin schon an vielen Stellen verrostet. Aber so hatte er schon den Übergang zum Zielgrundstück bereitet.

Einen Moment zögerte er. Er hörte auf einmal das schöne Volkslied „Das Wandern ist des Müllers Lust" von den beiden Frauen zweistimmig und wirklich schön gesungen. Kramer kannte den Text, ja sogar alle Strophen und hörte hin, ob die beiden Frauen auch alle Strophen sangen. Tatsächlich taten sie das. Jetzt war es aber soweit. Kramer setzte zum letzten Akt an. Als er mit dem rechten Fuß auf den heruntergetretenen

Zaun trat, um dann herüberzukommen, sprang das Drahtgeflecht von der Spannung ein Stück hoch und Kramer fiel zurück, konnte sich nirgends festhalten und lag am Boden. Dabei hatte er sich wieder mit beiden Armen irgendwie reflexartig abstützen wollen. Der stechende Schmerz im linken Arm war fast unerträglich. Kramer biss die Lippen zusammen und atmete schwer. Er lag auch schlecht. Stachelige Zweige waren unter seinem Rücken und überall neben seinem Körper. Er kam nicht hoch. Es half nichts. Er musste sich etwas über diese stachelige Grundlage rollen und verletzte sich dabei im Gesicht. Aber dann lag er so, dass er beim zweiten Versuch doch wieder zum Stehen kam. Seine Beine zitterten heftig, die Knie schmerzten, die Arme schmerzten und die Luftnot kam noch dazu. Kramer musste die Aktion abbrechen. Dann ging es zurück bergab durch das verwilderte Grundstück und er stürzte auch dabei zweimal. Mit letzter Kraft kam er unten an und stieg über den kleinen Zaun. Zwei Schritte noch und er stand auf dem Wanderweg. Zittrig begab er sich ein

Stück weiter, um auf einer Bank ein wenig auszuruhen.

Dabei ging er seinen Plan noch einmal durch. Diese Mühe über das gesamte Grundstück bis oben zum Übergang war einfach zu viel. Er beschloss, am nächsten Tag die Straßenseite genauer zu besichtigen. Vielleicht gab es dort einen bequemeren Zugang, der ebenso unauffällig zu betreten war wie der Weg von unten.

Kramer blieb fast eine ganze Stunde dort sitzen. Als er aufstand und den Weg zum Gasthof antreten wollte, griff er in die rechte Jackentasche und erschrak. Die Makarow war weg! Er stutzte. Er musste sie auf dem Grundstück bei den Stürzen verloren haben. Damit wurde ihm klar, dass er diesen beschwerlichen Weg leider noch einmal gehen musste. Ob er schon am nächsten Tag die Kraft dazu haben würde? Kramer schüttelte seinen Kopf. Dieser Auftrag machte nur Probleme.

„Oh, was ist passiert?" fragte die jüngere Wirtin, als Kramer die Gaststube betrat und im Gesicht ein deutlicher Kratzer zu sehen war.

„Ich bin gefallen. Das sind ja nur ein paar Kratzer. Das ist nicht weiter schlimm!" –

„Soll ich etwas Verbandszeug holen?" –

„Nein, nein. Ich habe oben im Zimmer eine Heilsalbe. Das genügt. Bitte bringen sie mir eine Portion Spiegelei mit Bratkartoffeln und ein großes Pils."

Die junge Wirtin schaute ihn noch etwas besorgt an, ging dann aber in Richtung Küche, um die Bestellungen auch der anderen Gäste dort weiterzugeben.

*

Einen Tag später:

Das Büro von Tobias Alff war kaum wiederzuerkennen. Das kleine Bad war mit neuen Fliesen in weißer Farbe mit einer kleinen bunten Bordüre versehen. Die Objekte waren alle neu, wenn auch Standardware und Karin hatte neue Gardinen gekauft. Das Büro wurde auch neu gestrichen. Die dezente Sandfarbe und die dunkelblauen Übergardinen ließen sogar die alten Möbel besser aussehen. Karin machte mit ihrem Smartphone Fotos, um sie Tobias beim nächsten Besuch zu zeigen. Jetzt fehlte nur noch das Messingschild, das demnächst fertig sein würde. So konnte das neue Marketing seinen Anfang nehmen.

Als Tina um 14 Uhr kam, zog sich Karin gerade um. Tina setzte sich in den großen Ohrensessel.

„Mir ist laufend die Frage durch den Kopf gegangen, was die beiden Verfolger jetzt vorhaben, nachdem ihre erste Aktion gescheitert ist."

Karin kam jetzt angezogen aus dem kleinen Schlafzimmer. Sie hatte ein gelbes Sommerkleid mit dezentem Blumenmuster angezogen. Sie brachte zwei Paar Schuhe mit. Tina sollte mitentscheiden, welche nun besser zum Kleid passen würden. Während sie dazu auf einen der neuen Stühle Platz nahm, erinnerte sie an die Aufnahmen, die sie heimlich machen konnten:

„Wir müssen jetzt noch vorsichtiger sein. Ich werde den Elektroschocker bei mir tragen. Und wenn die mich kidnappen wollen, werden die sich wundern!"

Karin war keine ängstliche Frau. Es klang fast so, als ob sie sich die Aktion sogar wünschte, um denen nochmal eins auszuwischen.

Tina mahnte aber zur Eile:

„Wir müssen uns beeilen. Um 14 Uhr sollen wir bei da sein. Verena ärgert sich immer über Unpünktlichkeit."

Das Frauentreffen war für Karins Schwester eine wichtige Sache. Verena hatte einen reichen Kaufmann geheiratet und genoss einen gewissen Wohlstand. Neue Anschaffungen oder Reisepläne waren oft ein Grund, ein solches Frauentreffen zu organisieren.

Ihr Ehemann, Heinrich, war für eine Woche auf Geschäftsreise nach Stuttgart und so wollte sie nur mit den Frauen der Familie ein schönes Kaffee-Trinken veranstalten. Das Wetter war so gut, dass man im Garten sitzen konnte.

Während die beiden Frauen dem roten Golf von Karin im Stau standen, trafen sich zur selben Zeit im *XXL-Club* Franco Torres mit einem alten Bekannten und seinem Sohn. Lara war auch schon dort, um den Club vieles umzugestalten, weil einige Änderungen vom neuen Boss gewünscht wurden. Die Umkleideräume hinten mussten weichen und in den Keller verlegt werden, damit der Gastraum selbst an Größe zunehmen konnte.

„Für diese gescheiterte und dumme Aktion zahle ich keinen Cent!" schimpfte Franco Torres, aber Werner Riemann war davon wenig beeindruckt, während Harry etwas beschämt auf den Boden schaute.

„Wir sind ja noch nicht fertig!" wendete Riemann ein und verschränkte seine kräftigen Arme vor seiner Brust. „Das Püppchen von diesem Alff nehme ich mir jetzt mal richtig vor." –

„Nein!" bestimmte Franko Torres streng. „es ist nicht nötig, wir wissen schon, wo sich der Detektiv aufhält und unser Mann ist schon dort. Aber wir müssen verhindern, dass diese beiden Frauen in den nächsten Tagen dort aufkreuzen. Die könnten die Aktion sonst stören. Das heißt also: Ihr schnappt euch diese Karin Sommer und haltet sie einige Tage irgendwo fest."

Riemann nickte zustimmend und stieß seinen Sohn an, der irgendwie abwesend zu sein schien.

„Die sind doch immer zu zweit unterwegs!" gab Harry zu bedenken.

„Deshalb machen wir es auch zusammen! Du bist dann für das junge Ding zuständig!" bestimmte Werner Riemann.

Harry war aber doch unsicher und hatte insgeheim vor Tina Angst. Ihren gezielten Boxhieb und den gemeinen Tritt spürte er immer noch.

Nach einem guten Umtrunk und einige belanglose, aber in der Rückschau amüsante Erinnerungen verließen Werner Riemann und sein Sohn den *XXL-Club*.

*

Um kurz nach 14 Uhr trafen Karin und Tina bei Verena ein. Der Stau auf dem Weg zog sich sehr in die Länge, so dass sie nicht pünktlich erscheinen konnten.

„Na, endlich kommt ihr!" kam es etwas genervt von Verena zur Begrüßung. „Wir

167

sitzen schon draußen und haben angefangen."

Verena wies beide in den Garten. Dort war alles schön gedeckt. Sonnenschirme waren aufgespannt und Verena kam sofort mit einer Kaffeekanne. Am Kaffeetisch saß schon Karins Mutter in einem sommerlichen türkisfarbenen Kleid. Ihre Reise, von der Karin nichts wusste, hätte sie verschoben, gab sie sofort bekannt, um anzuzeigen wie wichtig ihr dieses Treffen sei.

Verena hatte ein langes weißes Kleid an, das sehr weit geschnitten war und sich in der leichten Sommerbrise hin und her bewegte. Sie holte dann aus der Küche die selbstgebackene Nusstorte, die schon teilweise angeschnitten war.

„Es ist wirklich schön, dass wir Frauen in der Familie uns hier ganz allein ohne Männer treffen können. Mutter und ich haben gebacken." Verena stellte dabei eine zweite Torte mit frischen Erdbeeren auf den Tisch. Dann schenkte sie allen Sekt ein und wurde nun noch freundlicher gestimmt.

„Wo ist denn Marina?" fragte Karin sogleich und schaute sich suchend um. Marina war die junge Haushaltshilfe für Verena, die Heinrich, ihr Ehemann, extra eingestellt hatte.

„Heinrich hat ihr für die Zeit seiner Abwesenheit Urlaub gegeben. Heinrich ist auf einer Geschäftsreise nach Stuttgart." Verena mochte das Thema nicht und gab nun Tina ein Zeichen, dass sie sich um die weitere Bedienung kümmern sollte. Tina sprang auch sofort auf und lief in die Küche des Hauses.

„Aber jetzt hättest Du sie gut gebrauchen können." Karin kannte Verenas Heinrich. Zweimal war sie selbst schon schwach geworden und hatte Sex mit ihm, wenn auch nach reichlichem Alkoholgenuss. Deshalb argwöhnte sie nicht ohne Grund, dass das junge Mädchen mit Heinrich mitgefahren war und ihm die nächtliche Langeweile in Stuttgart vertrieb.

„Wir kommen auch ohne Marina gut zurecht." Das kam etwas genervt von Karins Mutter, die immer auf Seiten von Verena stand und – so war Karin sicher – selbst von den Fremdgeh-Ambitionen ihres Ehemannes wusste oder ahnte. Aber Heinrich stellte in der Öffentlichkeit etwas dar. Er war in Hamburg ein anerkannter und erfolgreicher Kaufmann und hatte Vermögen, das natürlich Verena zugute kam. Um das Thema zu wechseln, sah sie Karin kritisch von oben bis unten an: „Du hast ja ein neues Kleid!"

„Ja, das habe ich tatsächlich und hier zum ersten Mal an!" –

„Sehr hübsch, aber zu kurz!" stellte Karins Mutter kritisch fest. „Du bist jetzt Mitte 30. Da kannst du dir auch einen anderen Stil zulegen. Verena hätte Heinrich nie in einem solchen Kleid erobern können." –

„Tobias hat das mit ausgesucht. Ihm gefällt es gut. Und jetzt bei der Wärme ist das genau richtig." –

Karins Mutter war nicht überzeugt und schüttelte schweigend und ablehnend ihren Kopf. Tatsächlich war das Kleid sehr kurz geschnitten und wie bei Karin üblich, oben weit ausgeschnitten.

Verena schnitt jetzt die Erdbeertorte an und alle unterhielten sich nun über das

Wetter, ohne die oft üblichen kleinen Sticheleien. Verena erzählte mit einem erleichterten Unterton, dass ihr zweiter Sohn Lars jetzt Nachhilfe bekommt und sie große Hoffnung hege, dass er seinen Rückstand in der schulischen Leistung und der sonstigen Entwicklung dadurch aufholen würde. Lars war ein Jahr älter als Tina, aber körperlich und geistig etwas zurückgeblieben, so dass er von Kind an immer als der kleine Bruder gesehen wurde.

„Immerhin", kommentierte Tina das, „aber es wird nichts bringen. Der sollte lieber Sport machen. Das würde seinem Selbstbewusstsein Gut tun."

Verena war über diesen Kommentar sauer und zischte ärgerlich: „Viele Probleme hatte er im Grunde immer nur deinetwegen. Und ja, er ist jetzt mit 16 und wie du weißt mit ärztlicher Hilfe in die Pubertät gekommen. Das braucht aber seine Zeit." –

„Ach, jetzt bekomme ich die Schuld. Aber jahrelang musste ich auf ihn aufpassen."

Tina fühlte sich angegriffen und stellte geräuschvoll und ärgerlich ihre Tasse auf die Untertasse. Sie musste immer die große Schwester spielen und oft genug deshalb auf andere Lustbarkeiten verzichten. Natürlich musste ihr Bruder Lars dafür manchmal büßen.

„Nun hört mal auf!" mischte sich Karin ein und zu Verena: „Wir wollen uns doch nicht jetzt streiten. Das Wetter ist so schön und hier im Garten ist es einfach wunderbar." –

„Wo ist Lars denn jetzt?" fragte Tina und schob dabei einen Sonnenschirm etwas weiter zum Tisch heran.

„Er ist oben. Ein Freund ist zu Besuch. Vielleicht kommt er später noch dazu." Verena schaute sich dabei um.

Sie war etwas eingeschnappt. Sie ertrug Vorwürfe und Kritik immer sehr schlecht und natürlich war sie um Lars in Sorge.

Inzwischen war die Mutter von Karin und Verena auf sonderbare Weise nervös geworden. Sie wollte endlich über ihre neue Beziehung sprechen, von der bisher noch niemand wusste. Als es beim Nachschenken von Kaffee kurz ruhig blieb, setzte sie sich ganz gerade auf ihren Stuhl und räusperte sich deutlich.

„Ich muss euch jetzt berichten: Ich habe eine neue Beziehung!" Es wurde richtig spannend und alle sahen sie nun direkt an.

Nur Karin drehte kurz mit den Augen. Alle bisherigen Beziehungen endeten schnell, weil ihre Mutter immer wieder auf Angeber und Schmeichler hereinfiel.

„Wir sind noch ganz am Anfang. Aber Carl-Maria gehört zu einem ganz alten Adelsgeschlecht. Er ist ein Graf! Immer galant und vornehm. Er ist viel in Europa unterwegs, um die Netzwerke all der verbundenen Adelsfamilien zu pflegen. Das geschieht alles eher diskret und geht den normalen Leuten nichts an."

Sie unterbrach, um jetzt ein Stück von der Torte nachzuschieben. Da kam von Tina eine durchaus freche und wohl auch unpassende Frage:

„Und wart ihr schon im Bett?"

Karins Mutter verschluckte sich fast am Tortenstück und hustete leicht.

„Ich sagte ja schon, wir sind mit unserer Beziehung erst ganz am Anfang. Alles muss reifen. Aber vor allem gibt es in seinen Kreisen klare Anstandsregeln. Carl-Maria hatte beim letzten Mal meine Hand genommen und die Lebenslinie studiert. Dann hat er die schlanke Form meiner Hände wahrgenommen und sie lange betrachtet. Und wisst ihr, was er dann gesagt hat? Er sehe deutlich, dass ich inzwischen bereit wäre. Das hat doch Stil!" –

Karin fing aber jetzt zu lachen an.

„Und hat er Geld? Oder musst du ihm was leihen?" –

„Der Graf und seine ganze verstreute Familie – die meisten leben in Frankreich – sind reich. Da redet man auch nicht über Geld, es sei denn, es ist unbedingt erforderlich. Ihr werdet ihn eines Tages kennenlernen. Ein vornehmer Mann und immer elegant, aber zurückhaltend gekleidet." Der Ton wurde langsam schwärmerisch.

Karin kannte das und war von ihrer Mutter genervt. Alle ihre bisherigen Männerbekanntschaften, die immer als die idealen Partner des Lebens vorgestellt wurden, entpuppten sich später als Betrüger.

Als ihre Mutter eine kleine Pause machte, um Luft zu holen, fing Karin schnell ein anderes Thema an. Sie erzählte von der Verfolgung durch die beiden Männer im Passat und wie sie die ausgeschaltet haben. Das war nun unter den beiden gelben Sonnenschirmen ein spannendes Thema. Aber Karins Mutter schüttelte nur missmutig den Kopf. All diese Aktionen waren doch nichts für Frauen! Für ihre Tochter Karin hatte sie überhaupt kein Verständnis.

„Und wie geht es Tobias?" fragte nun Verena und wollte nun unbedingt ein anderes Thema haben, weil sie spürte, dass es gleich wieder Streit geben könnte. Sie sah Karin dabei direkt an.

„Er ist noch sehr geschwächt. Tante Irmchen und Wanda kümmern sich rührend um ihn. Wir wollen am Wochenende – also Tina und ich – ihn wieder für zwei Tage besuchen." –

„Das ist ja schön zu hören! Er hat ja wirklich Glück gehabt. Wir dachten schon, dass er den Anschlag nicht überlebt." –

„Das Büro solltest du dir jetzt mal anschauen. Fast alles ist neu und sieht jetzt einfach professioneller aus." Karin führte noch viele Details aus.

„Und wirken die Spritzen jetzt gut gegen die Schmerzen?"

Karins Mutter fragte dies fast beiläufig und griff zu einem zweiten Stück von der Torte mit den Erdbeeren.

„Welche Spritzen?" fragte Karin überrascht zurück.

Sie wusste von keinen Spritzen. Er hatte nur für den Bedarf einige Tabletten gegen Schmerzen dabei.

Karins Mutter drehte mit den Augen und musste erst das größere Stück Kuchen schlucken.

„Der Arzt aus dem Krankenhaus hatte bei mir angerufen. Du warst ja wie immer nicht erreichbar!" –

„Ein Arzt aus dem Krankenhaus hatte dich angerufen?" Karin war auf einmal richtig erregt, geradezu hellhörig:

„Das kann doch nur eine Falle gewesen sein." –

„Eine Falle?" Karins Mutter wurde richtig sauer. „Ich kann das noch ganz gut unterscheiden. Das war ein Arzt und der war übrigens nicht nur sehr freundlich, sondern hatte auch eine sehr schöne Stimme." –

„Und den weißen Kittel hattest du auch durch das Telefon gesehen!" spottete nun Karin und sah ihre Mutter an. „Was hat er denn gewollt?" -

„Tobias brauchte dringend noch Spritzen gegen seine Schmerzen. Und er wollte wissen, wo Tobias sich aufhält, damit er einen Arzt in der Nähe damit beauftragen könnte. Das war doch sehr fürsorglich."

Karin schrie: „Was? Jetzt ist Tobias in Lebensgefahr. Ich muss sofort los." –

„Ich komme mit!" rief Tina aus und stand ebenfalls vom Kaffeetisch auf. Verena und die Mutter sahen beiden staunend nach. Die Mutter schüttelte ihren Kopf. „Karin ist immer so empfindlich! Das war doch keine Falle!"

Tina rannte in ihr Zimmer und warf schnell einige Sachen in ihre kleine Reisetasche. Karin warf ihre Serviette auf den Tisch und lief ohne Verabschiedung aus dem Garten. Beide fuhren sofort mit Karins roten Golf los. Karin war außer sich vor Wut. Ihre Mutter hatte Tobias Aufenthalt verraten. Das war von den Torres natürlich sehr clever. Der Mörder war wahrscheinlich schon dort. Karin hielt noch schnell am Büro und sprang aus dem Wagen. Sie zog sich rasch um, und nahm Tobias Pistole und Munition mit. Jetzt wurde es gefährlich! Dann fuhren sie los und Karin beachtete keine Verkehrsregel. Sie drückte das Gaspedal durch und wurde nervös, wenn auf der Überholspur Lkw sich ein Rennen lieferten. Als sie die A7 erreichte meldet sich das Smartphone.

„Hier ist Irmgard", hörte sie Tante Irmchen sagen, „ich habe gestern einen Mann am Rande des Waldes gesehen, der mit einem Fernglas eine ganze Zeit uns beobachtet hat. Aber es weiß doch niemand, wo Tobias jetzt wohnt?" –

„Tina und ich, wir sind schon unterwegs zu euch. Der Aufenthalt von Tobias wurde verraten! Meine Mutter wurde reingelegt und hat alles verraten. Ich bin total wütend. Bleibt möglichst im Haus. Wir sind in zwei Stunden bei euch." –

Karin gab wieder Gas und missachtete alle Geschwindigkeitsbegrenzungen. Es dauerte fast zwei Stunden. Da fuhr sie in die Auffahrt bei Tante Irmchen. Und als sie bemerkt wurden, gab es natürlich ein Liedchen zur Begrüßung. Es erklang „Wahre Freundschaft", aber nur die erste Strophe. Dann fielen sie sich alle in die Arme.

Im Haus umarmten sich Karin und Tobias zuerst inniglich und küssten sich. Wanda schaute wehmütig zu.

„Wer sind diese Frauen?" fragte Tobias Vater, der am Küchentisch saß.

Wanda setzte sich zu ihm und erklärte ihm alles in Ruhe bis er zu Nicken begann und grüßend die Hand hob.

Karin erzählte nun, dass ihre Mutter in eine Falle geraten war und den Aufenthalt hier verraten hatte. Tobias schüttelte ungläubig den Kopf. Er saß in einen Lehnstuhl. Gehen und Stehen fiel ihm noch schwer. Da wurde ihm leicht schwindelig. Aber über Schmerzen klagte er nicht. Nur nachts konnte es passieren, dass er sich unglücklich drehte und die Schulter sich dann meldete.

„Konntest Du den Mann näher erkennen und ihn beschreiben?" fragte Karin jetzt.

„Er war zu weit weg. Er trug dunkle Kleidung. Dort am Waldrand gehen ja oft Wanderer entlang. Zuerst fiel mir nichts weiter auf. Aber der Mann blieb stehen und sah längere Zeit zu uns." –

„Gibt es denn hier in der Nähe ein Hotel?" fragte Karin wieder, weil sie dachte, ihn dort ausfindig zu machen.

„Hotels sind erst in Einbeck. Aber hier in der Nähe gibt es mehrere Gasthöfe. Da mieten sich meistens Wanderer und Naturbeobachter ein. Deshalb gehen hier auch viele Leute hinten auf dem Wanderweg am Wald nach oben auf die Berglichtung. Die Gasthöfe sind auf solche Gäste eingerichtet. Ich kenne zwei Wirte ganz gut. Einer der Gasthöfe wird von einer Frau geleitet. Eine nette Frau. Ihre Tochter hilft auch dort mit." –

„Da könnte der Mörder ja tatsächlich ein Zimmer genommen haben." –

„Der Gasthof an der Landstraße weiter unten ist der *Gasthof Zum Hirschen* oder so ähnlich. Auf der anderen Seite gibt es den *Gasthof Einbecker Hof* und mitten im Wald gibt es noch den *Alten Holzbauern*, das ist noch ein richtiges Holzhaus."

Tina und Karin entspannten sich nun, weil nichts passiert war. Tante Irmchen und Wanda hatten inzwischen den Tisch gedeckt. Und so nahmen sie an den großen Küchentisch Platz und genossen von den belegten Broten, auch den dort typischen würzigen Bohnensalat und den gebackenen Schafskäse.

Für den nächsten Tag nahmen sich vor, die Gasthöfe aufzusuchen und die Wanderwege am Waldrand von dem Gasthof aus zu erkunden. Vielleicht würde sich ein verdächtiger Mann dort zeigen. Auf jeden Fall wollten sie einige Tage bleiben und bei der Gelegenheit auch Tante Irmchens Geburtstag mitfeiern.

*

Joseph Kramer begab sich wieder auf
den Weg am Waldrand hinter der kleinen
Siedlung mit dem Haus von Tante
Irmchen. Er sah mit seinem Fernglas
niemanden außerhalb des Hauses.
Diesmal wollte er sich von oben, also von
der kleinen Siedlungsstraße auf das
Nebengrundstück schleichen. Der Weg
von unten schien ihm jetzt doch zu
beschwerlich. Außerdem musste er
seine Makarow finden. Er war sicher,
dass er sie bei dem Sturz ganz oben an
dem Übergang zum Grundstück von
Tante Irmchen verloren haben muss.
Außerdem war ihm klar, dass er aus der
Ferne den Detektiv nicht erschießen
könnte. Er musste dazu das Haus
betreten und wahrscheinlich die alte
Frau, die er einige Male im Garten
gesehen hatte ebenfalls erschießen.
Zeugen durfte es auf keinen Fall geben.

Kramer lief langsam den Wanderweg
zurück, nahm die Abzweigung, die zur
Siedlung führte und ging gemütlich die
kleine Straße bis zum Haus von Tante
Irmchen entlang. Gegenüber gab es zwei
ältere Siedlungshäuser und mit einem

kleinen Abstand auch noch ein weiteres Haus, ein Neubau, in dem offenbar eine Familie mit Kindern lebte. Auf der anderen Straßenseite sah er nur ein weiteres kleines Siedlungshaus, das scheinbar unbewohnt war. Das völlig verwilderte Nebengrundstück war mit einem sehr alten Drahtzaum zur Straße hin gesichert. An einer Stelle gab es eine schmale Pforte, die aber mit Draht unfachmännisch mit dem Zaun verbunden wurde. Kramer blieb stehen und vergewisserte sich, dass niemand in der Nähe war und auch niemand von den anderen Häusern ihn beobachtete. Dann begann er ganz unauffällig, den Befestigungsdraht an der Pforte zu entfernen und als er fertig war, konnte er im Nu das Grundstück betreten. Von dort war es nur ein kleines Stück bis zum Übergang, wo er so unglücklich gestürzt war. Er ging vorsichtig in diese Richtung und musste sehr aufpassen, weil auch dort wie überall wildes Gewächs, hohes Gras und diese Schlingpflanzen waren. Selbst auf diesem kurzen Weg wäre er fast zweimal gestürzt. Als er zu der Stelle kam, an der er den verrosteten Drahtzaun niedergetreten hatte, suchte er nach seiner Makarow. Es hatte sich allerdings schon wieder der große Schatten des Waldes über die Siedlung und dieses Nebengrundstück gesenkt. Kramer suchte gebeugt überall nach seiner Waffe. Aber er fand sie dort nicht. Er musste sie doch weiter unten verloren haben. Bevor er sich entschloss, doch noch einmal das Nebengrundstück ganz nach unten zu durchqueren – es gab ja nur diese Chance, die Waffe wiederzufinden – näherte er sich zuerst dem Haus von Tante Irmchen. Für ihn war es wichtig festzustellen, ob zum Beispiel die Hintertür offen war. Und auch wie viele Personen sich im Haus aufhielten. Als er den Zaun übertrat und ein Stück näherkam, sah er den Hintereingang und dass die Tür nur angelehnt war. Dann hörte er plötzlich das Lied „Abend wird es wieder" und zwar zweistimmig von zwei Frauen gesungen. Er kannte dieses Lied gut. Auf zwei seiner Landspielplatten war es mit schöner instrumentaler Begleitung geprägt. Er staunte, dass die beiden Frauen jetzt die 3. Strophe erreichten, dann aber aufhörten. Kannten sie die 4. Strophe nicht? Joseph Kramer überlegte kurz, kratzte sich am Kopf und da fiel ihm doch der Text dazu ein.

Der Gesang jedenfalls verriet ihm, dass zwei Frauen im Hause lebten. Und natürlich auch der Detektiv, dieser Tobias Alff, der möglicherweise schwer angeschlagen war und nicht nach draußen ging.

Kramer kehrte dann um, überstieg wieder vorsichtig den alten rostigen Drahtzaun zum Nebengrundstück, den er niedergetreten hatte und stolperte dann mühsam durch das völlig verwilderte Grundstück zurück. Ziemlich weit unten, wo er das erste Mal gestürzt war, fand er endlich seine Waffe.

Bevor es richtig dunkel wurde, erreichte er so gegen 21 Uhr die Gaststube seiner Herberge. Die vier jungen Männer waren wieder laut zu hören. Sie spaßten und lachten. Kramer setzte sich etwas weiter von ihnen entfernt an einen Tisch und bestellte ein kleines Pils. Die junge Frau wurde ständig von den jungen Männern gerufen. Sie machte deren Späße mit, beugte sich beim Abräumen der leeren Gläser über den Tisch und ihr Dekolleté ließ tiefe Einblicke zu, denn sie hatte extra noch einen weiteren Knopf geöffnet. Kramer erinnerte sich an seine jungen Jahre und war sich sicher, dass damals mehr Anstand und Sitte vorherrschten. In Gedanken ging er seinen Plan immer wieder durch und beschloss, am nächsten Tag und zwar in den Abendstunden zuzuschlagen.

*

Am nächsten Tag saßen alle am Frühstückstisch und Tante Irmchen hatte Brötchen geholt und viel Aufschnitt bereitgestellt.

„Wir werden heute über Tag mal die üblichen Wanderwege hinten am Waldrand gehen und auch den Gasthof im Wald besuchen. Wir wissen immerhin, dass der Mörder einen grünen Lada fährt."

Tobias Alffs Partnerin wollte unbedingt etwas unternehmen und war wegen der Gefahr etwas angespannt. Sie gab Tobias die Pistole und Munition, damit er sich im Notfall auch verteidigen könnte.

„Wann und von wo aus würde er zuschlagen?" überlegte Karin. „Der wird sich doch nur von hinten anschleichen können, wenn es dunkel oder dämmrich ist. Und dann wird er durch die Hintertür kommen. Da müsste schon eine Falle für ihn sein." –

„Da überlege ich mir was. Aber der soll nicht über meine schönen Blumen-Beete latschen!" entrüstete sich Tante Irmchen.

„Was ist denn mit dem verwilderten Grundstück nebenan?" fragte Tobias.

„Der Eigentümer ist vor Jahren verstorben und die Erben werden sich nicht einig. Das Grundstück ist total verwildert." Tante Irmchen schüttelte dabei ihren Kopf.

„Aber darüber könnte er sich doch unbemerkt zum Haus schleichen und dann von hinten eintreten!" Karin nahm noch eine Tasse Kaffee, als Wanda mit der Kanne um den Tisch ging.

„Hauptsache Tobias passiert nichts." Wanda sah Tobias sorgenvoll an, und schenkte ihm noch eine Tasse Kaffee ein.

„Ja, der wird über das Nebengrundstück kommen! Das wird mir klar." Tante

Irmchen sagte das mit einem überzeugten Tonfall. Und irgendwie sah man in ihrem Gesicht, dass sie darüber intensiv grübelte.

Karin und Tina marschierten dann am frühen Nachmittag los und wanderten einige Wege am Waldrand entlang, trafen aber niemanden. Dann erreichten sie den Gasthof oben auf der Waldlichtung. Ein großes Holzhaus mit einer Außenterrasse nach Süd-Ost und guter Sicht über das angrenzende Tal lud geradezu zum Verweilen ein. Einige Wanderer mit typischer Kleidung und Schuhe saßen dort bereits und tranken Bier. Karin und Tina setzten sich dort ebenfalls hin und warteten auf die Bedienung. Kurz darauf kam ein dicker Mann in grüner Jägertracht und überreichte eine kleine Speisekarte.

„Wir nehmen jeweils einen Becher Kaffee!" rief ihm Karin hinterher.

Der Mann nickte nur und lief weiter. Der Kaffee kam schnell und beide Gäste genossen die Sonne. Dann sah Tina einen grünen Lada Niva kommen.

„Da, schau mal!" rief sie Karin zu. „Ein grüner Lada!"

Karin sah sich um. Der Lada fuhr langsam auf den Parkplatz. Dort standen nur zwei weitere Fahrzeuge. Aus dem Lada stieg ein älterer Mann mit grauen Haaren aus. Er trug ein kariertes Hemd und eine dunkelgrüne Baumwollhose.

Karin stand auf und lief zu dem Lada und fotografierte den Wagen von hinten samt Kennzeichen mit ihrem Smartphone. Es war ein Oldenburger Kennzeichen. Sie schickte das Bild sofort an Kommissar Neumannzusammen mit einem Kurztext:

Wir sind ganz in der Nähe wo Alff untergetaucht ist und suchen die Umgebung ab. Sein Aufenthaltsort wurde inzwischen verraten. Gruß Sommer.

Der ältere Mann, der mit dem Lada gekommen war, setzte sich an einen der Nebentische und bestellte einen Radler. Karin machte auch von ihm heimlich eine Aufnahme und schickte die dem Kommissar hinterher. Dann näherte sich Karin:

„Entschuldigen Sie! Wohnen Sie hier im Gasthof?" –

„Nein, ich wohne im Gasthof zum Hirschen oder so ähnlich. Aber hier ist es so schön und leider sehr hoch. Da bin ich lieber mit dem Wagen gefahren." –

„Danke! Wir sind nämlich noch auf der Suche nach einer Bleibe."

Nach einer guten Stunde liefen beide Frauen wieder den Wanderweg ins Tal hinab und fanden nach zwei Abzweigungen den anderen Gasthof *Zur Hirschjagt.* Der Gasthof befand sich direkt an der Landstraße Richtung Einbeck. Ein typischer Landgasthof mit Saalanbau und Jagdsymbolen schon im Eingangsbereich. Karin und Tina schauten zuerst auf den Parkplatz, der teilweise vor dem Gebäude, aber auch rechts daneben Flächen bereithielt. Und da sahen sie inmitten verschiedener Fahrzeuge drei grüne Ladas. Karin sah nach den Kennzeichen. Einer kam aus Lüneburg, ein anderer aus Bad Segeberg und der dritte aus Solingen. Die drei Fahrzeuge waren alle leicht verstaubt. Tatsächlich waren diese Fahrzeuge mit ihrem unkomplizierten

Allradantrieb bei Jägern und Bauern beliebt. Und hier im Gasthof buchten ja nach Auskunft von Tante Irmchen oft Naturfreunde, Wanderer und Jäger ein. Jetzt war die Frage, ob überhaupt einer der Ladas zum Auftragsmörder gehörte und wenn ja welcher? Karin stand etwas ratlos mitten auf dem Parkplatz.

„Wir gehen mal in die Gaststube und trinken dort was und verschaffen uns einen ersten Eindruck." –

„Ja, ich habe auch Durst und könnte eine kalte Cola trinken." Tina ging dabei voran zur Eingangstür.

Es war jetzt kurz nach 16 Uhr. Die Gaststube war mit alten Eichenmöbeln eingerichtet. Hirschgeweihe und große Gemälde mit Jagdszenen schmückten die Wände. Am Tresen saß ein älterer Mann mit Jägerhut und hatte vor sich ein Bier stehen. An den Tischen saß direkt am Fenster ein älteres Ehepaar, das sich recht leise unterhielt. An einem anderen Tische saß ein älterer Mann mit einem Handstock und studierte intensiv eine Wanderkarte. Karin und Tina setzten sich an einen der freien Tische, aber so, dass sie den ganzen Gastraum vor sich im Blick hatten.

„Eine Cola-Light und ein kleines Pils bitte!" bestellte Karin als eine junge Frau mit langen dunkelbraunen Haaren und mit einem hübschen wie auch oben offenherzigen Dirndl gekleidet zu ihnen kam. Sie nahm die Bestellung nur mit einem Nicken auf und ging wieder hinter den Tresen. Die Getränke kamen schnell.

„Wenn Sie was essen möchten, müssen Sie noch ein paar Minuten warten. Die Küche macht um 17 Uhr auf. Aber hier habe ich schon eine Speisekarte."

Karin dankte ihr leise und nahm die Speisekarte entgegen. Die Küche bot Hausmannskost mit Bratkartoffeln und auch auffallend viele Wildgerichte an. Da hätte Tobias nicht Nein sagen können, dachte Karin und grinste in sich hinein. Nach einer Weile ging Karin zum Tresen.

„Sagen Sie, haben Sie noch ein Zimmer frei? Wir überlegen, ob wir zwei Nächte hierbleiben können."

Die Frau hinter dem Tresen schüttelte den Kopf. „Nein, aktuell haben wir alle Zimmer vergeben." –

„Wann würde ein Zimmer wieder frei werden?"

Die Wirtsfrau schaute Karin seltsam an. Gäste wollen üblicherweise jetzt ein Zimmer und nicht irgendwann. Sie holte ein dickes und großformatiges Buch auf den Tresen. Es war ein Kalender mit viel Platz für Eintragungen und bereits auf das aktuelle Datum aufgeschlagen. Karin konnte über Kopf erkennen, dass der Gasthof 8 Doppelzimmer und 2 Einzelzimmer hatte. Leider waren keine Namen in die jeweiligen Spalten eingetragen, sondern nur große Kreuze, die eine Belegung anzeigten. Die Wirtin blätterte hin und her.

„Ja, hier! In der nächsten Woche am Donnerstag würde ein Doppelzimmer frei werden. Wollen Sie das jetzt reservieren?" –

„Oh, da müssen wir schon wieder heimwärts fahren." –

Karin zahlte dann die Getränke und verließ mit Tina den Gasthof. Auf dem Parkplatz fotografierte sie mit dem Smartphone aber alle Ladas so, dass auch die Kennzeichen deutlich zu sehen waren.

„Wir mailen Kommissar Neumann die Fotos. Vielleicht kann er da was ermitteln, was uns weiterhilft."

Tina nickte nur und erinnerte sich auf einmal an das Hotel Wolter.

„Dieser Kramer oder wie er hieß hatte da doch als Wohnort Wuppertal angegeben. Ein solches Kennzeichen haben wir hier nicht." –

„Das wird nicht die richtige Adresse gewesen sein. Der wird wahrscheinlich sogar mehrere Pässe haben, gefälschte natürlich, wenn er als Profi-Killer unterwegs ist." –

„Ja, du hast recht", antwortete Tina und wirkte ratlos. Beide gingen dann über den rückwärtigen Wanderweg zurück zu Tante Irmchen. Dort war auch schon der Tisch gedeckt.

„Wer sind diese Frauen?" fragte der Vater von Tobias Alff.

Er saß bereits am Tisch und hatte einen Becher Tee vor sich stehen.

„Das sind doch Karin und Tina!" Wanda stand mit einer langen weißen Schürze in der Küche und versuchte zu erklären. Der alte Mann brauchte dann einige Sekunden und freute sich dann.

Wanda rief Tobias Alff zu Tisch. Er kam etwas unsicher auf den Beinen in die Küche und setzte sich an den Tisch. Karin nahm neben ihm Platz.

„Wir haben insgesamt 4 Lada Nivas hier gesehen!" Karin zuckte etwas ratlos mit den Schultern. „Morgen besuchen wir noch den dritten Gasthof hier in der Nähe." –

„Wir sind vorbereitet!" rief Tante Irmchen allen zu. Sie stand noch am Herd und hatte Rührei in der Pfanne. In einer großen Schüssel waren schon die Bratkartoffeln fertig, die sich Tobias gewünscht hatte.

„Morgen lassen wir Mutter im Sessel ruhen. Sie soll an ihrem 70. uns nicht noch bedienen. Wir sind genug Frauen, um alles vorzubereiten."

Wanda sagte das laut mit einem bestimmenden Tonfall und schaute in die Runde. Alle nickten zustimmend.

„Kommen noch Gäste?" fragte Karin.

„Oh, ja! Vier Personen werden zur Kaffeezeit kommen. Ich werde heute noch einige Kuchen vorbereiten. Dann geht das mit dem Backen schnell."

Der Abend verlief dann sehr harmonisch, das Essen war gut und so endete der Abend um etwa 22 Uhr.

*

Den ganzen Vormittag stand Wanda in der Küche. Karin und Tina halfen eifrig mit. Wegen der Vorbereitungsarbeiten verschoben beide ihre Ermittlungen den dritten Gasthof betreffend auf den nächsten Tag. Tobias saß noch eine Weile am Küchentisch, sah interessiert zu und beteiligte sich hin und wieder an der Unterhaltung der Frauen.

Es wurden mehrere Kuchen und Torten gebacken. Es roch herrlich wie in einer

Großbäckerei. Tobias entfernte sich dann aus der Küche, um noch ein paar Stunden ohne die aufdringliche Fürsorge von Wanda verbringen zu können, nahm sich ein Buch aus dem Bücherschrank im Wohnzimmer und legte sich auf ein Sofa.

Am frühen Nachmittag wurde der Tisch gedeckt. Tobias Vater stand unsicher herum und konnte sich das alles nicht erklären. Er störte ein wenig die Vorbereitungen und Wanda brachte ihn mit sanftem Druck wieder in sein Zimmer im Dachgeschoss. Dann wurde es 15 Uhr. Tante Irmchen und Wanda hatten sich gerade umgezogen. Beide in den schonen langen Faltenröcken und elner Rüschenbluse. Wanda noch mit einer weißen Schürze. Sie holte dann auch Tobias Vater von oben und geleitete ihn an seinen Platz am Tisch. Karin und Tina hatten schöne sommerliche Kleider angezogen. Karin trug ein kurzes weißes Kleid, das Tobias so gern mochte. Es hatte oben einen gewagten Ausschnitt, der sofort verriet, dass sie keinen BH darunter trug. Allerdings löste das missbilligende Blicke bei Wanda aus. Tina trug ein hellblaues Kleid, das ab

Taille weit wurde und sehr mädchenhaft aussah.

Dann kamen schon die ersten Gäste. Pastor Friederich im schwarzen Anzug. Einen Handstock hatte er auch dabei. Er war inzwischen 96 und hatte sowohl Tante Irmchen wie auch Wanda früher konfirmiert. Er war in sehr guter Verfassung, schlank und aufrecht mit einem grauen Haarkranz um eine sich ausbreitende Glatze. Überschwänglich gratulierte er Tante Irmchen und gebot schon den wenigen Anwesenden, Gott zu danken. Er wurde freundlich an den reich gedeckten Tisch geleitet. Tobias Vater war sich nicht sicher, hielt den Pastor zunächst für seinen verstorbenen Großvater und war deshalb über dessen Besuch sehr erfreut.

Kurz darauf kam Onkel Hannes mit Rollator, ein Halbbruder von Tante Irmchen, inzwischen 78 Jahre alt und wie immer maritim gekleidet. Auf dem Kopf trug er eine alte Offiziersmütze der Kriegsmarine. Er behauptete immer, im Krieg auf See gewesen zu sein und hatte, so man ihn ließ, viele spannende und erregende Abenteuergeschichten parat.

Tatsächlich war er nie auf See, aber man korrigierte ihn nicht und ließ ihn einfach gewähren. Er umarmte Tante Irmchen lange und begrüßte alle anderen mit zackiger Stimme. Wanda half ihm aus dem Mantel. Die Offiziersmütze behielt er aber auf. Er durfte neben Pastor Friederich sitzen. Nur wenige Minuten danach kamen zwei Frauen aus dem Handarbeits-Club und Singkreis von Tante Irmchen. Beide waren auch um die 70 und trugen Faltenröcke. Dazu hatten sie Strickjacken mit Zopfmuster an, die sie aber wegen der Wärme im Raum sofort auszogen und über die Stuhllehnen hängten.

Leider hatte eine dieser Frauen ihre Geige dabei. Normalerweise ist ja die Geige oder Violine ein sehr schönes Instrument, wenn man es einigermaßen beherrscht. Aber schon die Begleitung zum Begrüßungslied „Alles, was wir lieben" gelang nur mäßig. Gerade an einigen prägnanten Stellen waren falsche Töne zu hören und auch das Tempo war hin und wieder nicht korrekt. Karin und Tina sahen sich möglichst unauffällig an und hatten dabei einen säuerlichen Gesichtsausdruck, behielten aber dem Anlass entsprechend die Fassung und applaudierten freundlich in der Hoffnung, dass nicht allzu viele Lieder mit Geigenbegleitung folgen würden.

Nach dem Begrüßungslied stand Pastor Friederich geräuschvoll auf und grüßte noch einmal alle Gäste. Ein Bibelvers zitierend forderte er dann alle auf, das Vater-Unser gemeinsam zu beten. Alle standen dazu auf und sprachen ihm nach. Erst danach wurden die Kuchen und Torten angeschnitten.

Tante Irmchen bot allen Gästen zudem Kräuterschnäpse und Kirschlikör an. Für Tobias hatte Wanda extra eine Flasche Helbing gekauft. Es entstand nun ein sehr lebhafter Gedankenaustausch, der mit zunehmendem Alkoholgenuss immer lauter wurde. Auch einige seemännische Geschichten wurden von Onkel Hannes beigetragen, obwohl niemand sich dafür zu interessieren schien. Tobias war ganz still und hatte wieder den Eindruck, dass letztlich niemand dem anderen wirklich zuhörte. Nur wenn gesungen wurde, waren alle anderen still und ertrugen auch das Geigenspiel. Die Geige war von der Zimmerwärme inzwischen verstimmt und klang teilweise sehr neben der gesungenen Melodie. Aufgrund des Alkoholgenusses bemerkte es wohl die Musikerin selbst nicht. Es schien aber auch sonst niemanden zu stören. Im Gegenteil, alle waren voll des Lobes.

*

Joseph Kramer sah auf seine Taschenuhr: 22 Uhr zeigte sie an. Er steckte die Makarow mit Schalldämpfer in seine Langjacke. Die Tasche war so tief, dass die Waffe gut hineinpasste und nichts zu sehen war. Der Lada war schon für die Rückreise gepackt. Die Rechnung für 3 Übernachtungen hatte er bezahlt. Er fuhr mit dem Lada bis zur Abzweigung, wo es in die kleine Straße „Borntal" ging. Hier konnte der Wagen am Rand stehen. Und Kramer hatte es etwas einfacher, von dort das Nebengrundstück zu erreichen. Er plante, in der Dunkelheit zuzuschlagen. Es war jetzt soweit!

Er stieg aus und sah sich zuerst prüfend um. Niemand war zu sehen. Langsam näherte er sich dem Nebengrundstück. Die alte verrostete Pforte hatte er ja schon vom Drahtverbund freigemacht. Er betrat nun mühelos das verwilderte Grundstück von der Straßenseite, also von oben. Dennoch musste er aufpassen. Auch der kurze Weg zum Übergang war sehr uneben. Er knickte mehrmals mit dem Fuß um und musste die Zähne zusammenbeißen. Aber nach einigen Minuten war er am Übergang zum Grundstück von Tante Irmchen. Er überstieg den niedergetretenen Zaun mit aller Vorsicht und stand nun mit wenigen Schritten an einer hinteren Hausecke.

Als er noch ein Stück an der hinteren Hauswand heranschlich, vernahm er die Geräusche von Gesprächen mehrerer Menschen. Zwei Fenster nach hinten waren hell erleuchtet und auf Kipp gestellt. Er schlich sich leise zu den Fenstern. Ein Stimmengewirr klang ihm entgegen. Als er ganz vorsichtig durch das Fenster nach innen schauen wollte, hörte er wie Pastor Friederichs mit seinem Handstock hart auf den Tisch schlug, um sich bei den Gästen Gehör zu verschaffen. Alle schwiegen auf einmal und unterbrachen ihr Gespräch. Auch Onkel Hannes musste seine Geschichte unterbrechen, obwohl sie sich gerade dem Höhepunkt näherte. Bei Kap Horn war nämlich gefährlicher Seegang, der den Seeleuten alles abverlangte. Und dann erschien ausgerechnet in dieser Gefahrensituation ein großes englisches Schlachtschiff. Direkt von vorn! Der Ausgang dieser Begegnung blieb nun unbekannt, denn genau da unterbrach Pastor Friederich die Geschichte.

Er wollte demnächst und damit als Erster der Gäste die Feierrunde verlassen und gab deshalb allen etwas theatralisch Gottes Segen. Mit einem Handzeichen von ihm erhoben sich alle von ihren Plätzen. Als er dann laut und deutlich das Glaubensbekenntnis und anschließend daran das Vater-Unser vorgab, sprachen alle Gäste mit.

Auch Joseph Kramer draußen hinter dem Fenster hörte die Worte genau und nahm Haltung an - er war nämlich ein frommer Mann -, faltete seine Hände und sprach all die Worte flüsternd mit. Danach beschloss er, seinen Auftrag doch noch um einen weiteren Tag zu verschieben. Mühsam machte er sich auf den Rückweg über das Nebengrundstück und erreichte sein Auto. Im Gasthaus hatte er Glück, dass noch ein Zimmer für ihn für eine Nacht frei wurde.

*

Am nächsten Morgen schliefen alle im Hause von Tante Irmchen länger als sonst. Die Feier zog sich am Abend zuvor mit viel Gesang und Geigenbegleitung weit in die Nacht hinein. Am Frühstückstisch hatte Tobias Vater wieder Probleme, die Personen am Tisch zuzuordnen. Wanda half ihm geduldig bis ihm klar wurde, wer alles am Tisch saß. Tobias war froh, dass jetzt am Frühstückstisch nicht viel geredet wurde. Ihm klang immer noch die schräge Geigenbegleitung im Ohr und so war die Ruhe jetzt wirklich erholsam. Karin und Tina nahmen sich vor, am späten Nachmittag vom Wanderweg unten am Wald aus, das Grundstück nebenan zu beobachten und gegebenenfalls von dort aus eingreifen, sollte sich eine Person von hinten dem Haus nähern. Außerdem wollten sie auch mit Kommissar Neumann telefonieren in der Hoffnung, dass die Kennzeichen der Ladas zur Identität des Mörders führen könnte.

„Habt ihr nicht in Hamburg zu tun?" fragte Wanda, weil ihr die Gegenwart von Karin nicht so sehr gefiel.

Auch die vielen Liebkosungen mit Tobias konnte sie nicht gut ertragen.

„Wir passen hier schon allein gut auf. Wir können ja vom Haus aus den ganzen hinteren Bereich bis zum Waldrand gut beobachten." –

„Ich denke", antwortete Karin, die den Unmut von Wanda erkannte, „wir reisen morgen wieder ab."

Karin belegte für Tobias dabei ein Vollkornbrot mit Käse und sah Tina fragend an.

„Ich muss ja Montag wieder zur Schule", antwortete Tina, „und wir haben außerdem ein internes Turnier im Sportclub."

„Wir haben außerdem im Büro von Tobias noch etwas zu tun." Karin berichtete dann ausführlich von den Renovierungsarbeiten und den weiteren Planungen.

Wanda rückte jetzt näher an Tobias heran, denn Karin stand auf, um sich umzuziehen und mit Tina dann zum Waldrand zu gehen.

„Deine ganzen Planungen in Ehren", fing auf einmal Wanda an, „aber Tobias ist noch lange nicht soweit. Ich rechne noch mit Wochen bis die Wunde verheilt ist und das Blutvolumen stimmt. Ich bin ja in der Pflege ausgebildet und habe das alles hier im Griff. Ihr könnt also gern heute schon nach Hamburg fahren." –

„Nein, nein", kam es jetzt von Karin zurück, „wir fahren Morgen nach dem Frühstück. Wenn dieser Mann am Waldrand wieder da ist, müsst ihr sicherheitshalber alles abschließen und notfalls die 110 anrufen."

Karin machte sich wieder Sorgen und erinnerte alle daran, dass der Aufenthaltsort leider verraten wurde.

„Vielleicht ist es sogar das Beste, wenn Tobias wieder mit nach Hamburg kommt."

Tobias schüttelte den Kopf.

„Nein! Ich bleibe hier. Wir bereiten lieber hier eine Täuschung vor. Ich ziehe nach oben zu meinem Vater und unten legen wir eine Attrappe ins Bett. Meine Pistole habe ich auch bei mir. Wir sind hier jedenfalls vorbereitet."

Karin war nicht überzeugt. Sie ging aus der Küche in den Vorraum und versuchte Neumann zu erreichen. Der war weder am Arbeitsplatz noch nahm er sein Handy ab. Offenbar war er in irgendeinem Einsatz. Sie versuchte es nach einer Zeit wieder und erst beim dritten Versuch so gegen 13 Uhr erreichte sie ihn.

„Hallo Frau Sommer", rief er erfreut über den Anruf ins Telefon, „leider konnte ich mich noch nicht um die Kennzeichen kümmern. Auch meine Mitarbeiter hier waren mit mir heute bis jetzt in einem gefährlichen Einsatz. Aber mein Kollege Hansen wird sich nach dem Mittagessen dann darum kümmern. Haben Sie noch etwas in Erfahrung bringen können?" –

„Nein, leider nicht. Ich fahre morgen Früh wieder nach Hamburg. Wir haben hier nur Vorbereitungen getroffen, falls der Mörder erscheint. Er muss schon ins

Haus kommen und da wird es für ihn auch schwierig, wenn er erwartet wird. Tobias hat auch seine Pistole dabei." –

„Das ist ja gut. Dann telefonieren wir, sobald wir hier Relevantes ermittelt haben."

Neumann legte nun auf und Karin war etwas enttäuscht, dass sich bisher niemand um die Kennzeichen gekümmert hatte. Die Gefahr war somit noch nicht gebannt.

Tante Irmchen hatte in ihrer Nähstube etwas zu tun und Wanda räumte die Küche auf, wischte den Boden und demonstrierte damit auch, dass Karin und Tina jetzt irgendwie störten. Beide zogen sich mit Tobias in dessen Zimmer zurück und gingen die bisherigen Erkenntnisse noch einmal gründlich durch.

Um 16.30 Uhr war es soweit. Karin und Tina hatten Jeans angezogen und feste Schuhe. Sie gingen nun über den Nutzgarten zum Wanderweg am Waldrand. Zuerst schlugen sie den Wanderweg in Richtung des Gasthauses ein, von wo sie den Killer vermuteten.

Später wollten beide auch in die andere Richtung gehen und schließlich bei einbrechender Dunkelheit ein Versteck unten hinter den beiden Grundstücken suchen.

*

Um17 Uhr machte sich Joseph Kramer auf den Weg. Jetzt kam der letzte Akt. Die Makarow hatte er in seine rechte Jackentasche stecken. Er musste es wagen, oben an der Straße mit seinem Lada zu parken und unbemerkt von oben das Nebengrundstück zu betreten. Der Weg zum Zaun wäre dann nur kurz. Kramer verfluchte diesen letzten Auftrag und war entschlossen, ihn heute zum Ende zu bringen. Er sehnte sich nach der Gemütlichkeit und Ruhe seines Zuhauses. In seinem Lada wartete er solange, bis keine spielenden Kinder und niemand sonst von den Bewohnern der anderen Häuser zu sehen waren. Die Dämmerung hatte eingesetzt. Er stieg aus und bewegte sich langsam zum Nachbargrundstück. Zur Straße hin gab es diese alte verrostete Pforte. Die ließ sich mit etwas Kraftaufwand öffnen. Er ging jetzt nur soweit auf das Grundstück bis die Gehölze, die zur Straße hin standen, ihn vor Blicken schützten. Nach wenigen Minuten erreichte er die Stelle, wo der Drahtzaun soweit niedergetreten war, dass er relativ leicht darüber das Grundstück von Tante Irmchen betreten konnte. Er blieb eine Weile ganz ruhig an der hinteren Hausecke stehen. Alles blieb seltsam ruhig. Keine Stimmen, kein Gesang, nichts war zu hören. Waren die Leute etwa nicht zuhause? Kramer wollte heute auf jeden Fall zum Abschluss kommen, auch wenn es weitere Opfer kosten sollte.

Nachdem er weiter nichts hörte und niemand sah, schlich er gebeugt zum Hintereingang. Er horchte angestrengt. Es blieb ruhig. Die Tür war nur angelehnt. Joseph Kramer war zufrieden. Die Tür war kein neues Hindernis. Er schob sie weit auf und trat ein. Es konnte jetzt der letzte Akt kommen.

*

Karin und Tina kamen in diesem Moment wieder zurück und wollten sich ein Versteck suchen, von wo aus sie die Grundstücke gut beobachten könnten. Sie standen hinter Tante Irmchens

Nutzgarten direkt auf den Wanderweg. Beide waren sehr schnell gelaufen und blieben einen Augenblick stehen, um wieder ruhig atmen zu können.

Tina sah den Schatten zuerst und rief aufgeregt:

„Da! Da ist gerade jemand durch den Hintereingang ins Haus gegangen. Das war nicht Tante Irmchen!"

Karin sah erschrocken hin, konnte aber niemanden sehen. Waren sie zu spät gekommen?

„Komm! Wir laufen schnell durch den Garten." Karin wurde jetzt nervös und bekam ein ungutes Gefühl. Ihr Bauchgefühl zeigte ihr an, dass große Gefahr bestand.

Die beiden Frauen liefen nun so schnell sie konnten durch den Nutzgarten zum Haus und sahen, dass die Tür hinten weit offenstand. Das war irgendwie ungewöhnlich. Üblicherweise war die Tür immer nur angelehnt. Dass sie aber keinen Gesang ihrer Tanten hörten, machte die Aktion schon wieder unheimlich. Karin hielt den Zeigefinger vor ihre Lippen und beide waren äußerst angespannt und schlichen durch den Hauswirtschaftsraum in die Wohnküche. Alles war ruhig, seltsam ruhig. Es brannte auch kein Zimmerlicht, obwohl der Waldschatten eine gewisse Dunkelheit verursachte. Karin nahm sich schnell eine Bratpfanne, um notfalls damit zuschlagen zu können. Dann wollten sie leise die Tür zum Wohnzimmer öffnen. Es war so seltsam still. Da gab es inmitten dieser unheimlichen Ruhe einen lauten Knall. Es war ein Schuss. Karin blieb wie versteinert stehen. Die Zeit schien plötzlich still zu stehen. Waren sie um Sekunden zu spät gekommen? Die Schockstarre blieb und Tina wich ängstlich einen Schritt zur Seite. Karins Herz pochte laut und Tränen füllten ihre Augen. Dann öffnete sich die Tür zum Wohnzimmer und ein alter Mann mit dunkler Cordhose und einer dunkelgrünen Langjacke stand im Türrahmen. In der rechten Hand hielt er die Makarow. Der Mann lehnt sich an die Türzarge. Seine Augen wirkten starr und waren weit aufgerissen. Diesen alten Mann hatte sie einmal auf dem Wanderweg am Waldrand aus der Nähe gesehen, aber ihn nicht im Geringsten für den Mörder gehalten. Karin wollte mit der Bratpfanne zuschlagen, aber sie konnte nicht. Sie war vor Schreck weiter wie versteinert. Und dann fiel dieser Mann in seiner ganzen Länge vor ihr zu Boden.

Aus dem Wohnzimmer trat Tante Irmchen in die Küche. Sie hatte das Jagdgewehr ihres verstorbenen Mannes in der Hand und sah zufrieden auf den am Boden liegenden Mann. Hinter Tante Irmchen kam Wanda. Sie hielt beide Hände vor ihren Mund und war total erschrocken. Als Dritter im Bunde stand Tobias am Ende des Wohnzimmers und sah von dort auf die Geschehnisse. Karin löste sich aus ihrer Schockstarre und lief weinend und erleichtert zu ihrem Tobias und sie hielten sich lange in den Armen.

Tante Irmchen stand neben dem toten Mörder, stellte das Jagdgewehr in die Ecke neben der Tür und stimmte das Lied „Lobet den Herren" an. Wanda war noch so erschrocken, dass sie erst von der zweiten Zeile an einstimmte und bereicherte den Gesang mit ihrer zweiten Stimme.

Tina wählte indessen die 110 und nur wenige Minuten später war ein Aufgebot der Polizei dort. Joseph Kramer war zum ersten Mal gescheitert. Er starb dort an Ort und Stelle. Jetzt klärten sich viele Morde der Vergangenheit auf. Karin, Tobias und Tina blieben noch 4 Tage bei Tante Irmchen und Wanda. Tante Irmchen zeigte ihnen den langen Zwirnfaden, den sie vor zwei Tagen vom niedergetretenen Drahtzaun durch ein Fenster zu einem kleinen Glöckchen gespannt hatte. Für sie war klar, dass der Mörder nur von dort kommen konnte. Das Glöckchen fiel und sie konnte sich vorbereiten.

Nach den 4 Tagen fuhren Karin, Tina und Tobias zusammen nach Hamburg und waren froh, dass einzig Tante Irmchen die Nerven hatte und wusste, wann sie abdrücken musste.

Bereits erschienen:

Ein gefährlicher Auftrag

Der Hamburger Privat-Detektiv Tobias Alff und seine attraktive Partnerin nehmen einen von Anfang an gefährlichen Auftrag an. Sie ahnen aber zunächst nicht, dass sie es mit der organisierten Kriminalität und rivalisierenden Banden zu tun bekommen. Irgendwann wird ihnen klar, dass sie sogar bewusst zur Zielscheibe gefährlicher Drogen-kartelle gemacht wurden.

Paperback, 199 Seiten, 7,99 €, ISBN 978-3-7519-5253-8

Wer zu viel gesehen hat...

Der Hamburger Privat-Detektiv Tobias Alff und seine attraktive Partnerin nehmen einen scheinbar gewöhnlichen Auftrag an. Eine junge Frau wird vermisst. Die Suche führt die beiden Detektive aber schnell in lebens-gefährliche Verhältnisse. Hat die Familie der Vermissten mit dem Verschwinden zu tun? Und welche Rolle spielen eine Spedition und die drei Nachtclubs? Bei ihren Ermittlungen geraten sie selbst in große Gefahr.

Paperback, 356 Seiten,   9,99 €,
ISBN 978-3-7519-4422-9

Mit einem Tanz begann das Unglück

Es begann mit einem Tanz und am Ende steht ein Mord. Der Privatdetektiv Tobias Alff und seine Partnerin suchen in der Vergangenheit der verdächtigen Frau und finden weitere rätselhafte und nicht aufgeklärte Todesfälle. Aber das Unglück nimmt seinen weiteren tragischen Verlauf.

Paperback, 276 Seiten,   8,90 €
ISBN 978-3-7504-9631-6

In jeder Buchhandlung,

bei amazon-bücher

und auch im BoD-Buchshop erhältlich:

www.bod.de/buchshop